人間有愛 笑開懷

編輯序

當孩子不愛讀書……

慈濟傳播文化志業出版部

親師座談會上，一位媽媽感嘆說：「我的孩子其實很聰明，就是不愛讀書，不知道該怎麼辦才好？」另一位媽媽立刻附和，「就是呀！明明玩遊戲時生龍活虎，一叫他讀書就兩眼無神，迷迷糊糊。」

「孩子不愛讀書」，似乎成為許多為人父母者心裡的痛，尤其看到孩子的學業成績落入末段班時，父母更是心急如焚，亟盼速速求得「能讓孩子愛讀書」的錦囊。

當然，讀書不只是為了狹隘的學業成績；而是因為，小朋友若是喜歡閱讀，可以從書本中接觸到更廣闊及多姿多采的世界。

問題是：家長該如何讓小朋友喜歡閱讀呢？

專家告訴我們：孩子最早的學習場所是「家庭」。家庭成員的一言一行，尤其是父母的觀念、態度和作為，就是孩子學習的典範，深深影響孩子的習慣和人格。

因此，當父母抱怨孩子不愛讀書時，是否想過——

「我愛讀書、常讀書嗎？」

「我的家庭有良好的讀書氣氛嗎？」

「我常陪孩子讀書、為孩子講故事嗎？」

雖然讀書是孩子自己的事，但是，要培養孩子的閱讀習慣，並不是將書丟給孩子就行。書沒有界限，大人首先要做好榜樣，陪伴孩子讀書，營造良好的讀書氛圍；而且必須先從他最喜歡的書開始閱讀，才能激發孩子的讀書興趣。

根據研究，最受小朋友喜愛的書，就是「故事書」。而且，孩子需要聽過一千個故事後，才能學會自己看書；換句話說，孩子在上學後才開始閱讀便已嫌遲。

美國前總統柯林頓和夫人希拉蕊，每天在孩子睡覺前，一定會輪流

摟著孩子，為孩子讀故事，享受親子一起讀書的樂趣。他們說，他們從小就聽父母說故事、讀故事，那些故事不但有趣，而且很有意義；所以，他們從故事裡得到許多啟發。

希拉蕊更進而發起一項全國性的運動，呼籲全美的小兒科醫生，在給兒童的處方中，建議父母「每天為孩子讀故事」。

為了孩子能夠健康、快樂成長，世界上許多國家領袖，也都熱中於「為孩子說故事」。

其實，自有人類語言產生後，就有「故事」流傳，述說著人類的經驗和歷史。

故事反映生活，提供無限的思考空間；對於生活經驗有限的小朋友而言，通過故事可以豐富他們的生活體驗。一則一則故事的累積就是生活智慧的累積，可以幫助孩子對生活經驗進行整理和反省。

透過他人及不同世界的故事，還可以幫助孩子瞭解自己、瞭解世界以及個人與世界之間的關係，更進一步去思索「我是誰」以及生命中各種事物的意義所在。

所以，有故事伴隨長大的孩子，想像力豐富，親子關係良好，比較懂得獨立思考，不易受外在環境的不良影響。

許許多多例證和科學研究，都肯定故事對於孩子的心智成長、語言發展和人際關係，具有既深且廣的正面影響。

為了讓現代的父母，在忙碌之餘，也能夠輕鬆與孩子們分享故事，我們特別編撰了「故事home」一系列有意義的小故事；其中有生活的真實故事，也有寓言故事；有感性，也有知性。預計每兩個月出版一本，希望孩子們能夠藉著聆聽父母的分享或自己閱讀，感受不同的生命經驗。

從現在開始，只要您堅持每天不管多忙，都要撥出十五分鐘，摟著孩子，為孩子讀一個故事，或是和孩子一起閱讀、一起討論，孩子就會不知不覺走入書的世界，探索書中的寶藏。

親愛的家長，孩子的成長不能等待；在孩子的生命成長歷程中，如果有某一階段，父母來不及參與，它將永遠留白，造成人生的些許遺憾——這決不是您所樂見的。

作者序

給孩子們快樂吧！

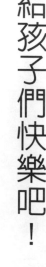

我是一名童話作家，我非常熱愛童話創作，也非常熱愛我的讀者們。

我是一名語文教師，我非常熱愛我所從事的教育事業，也非常熱愛孩子們。

當我看到孩子們皺著眉頭，不會為形近字注音的時候；當我看到孩子們咬著筆桿冥思苦想，卻辨析不出同音字的用法的時候；當我看到孩子的作文中出現一個又一個的錯別字的時候……我陷入了深思，不斷的告訴自己：用童話故事讓孩子們學會辨析同音字和形近字，是我義不容辭的責任！

我在讀書寫作之餘，時常思考這樣一個問題：什麼樣的世界孩子們最喜歡？什麼樣的學習最有成效？

在不斷的創作中，我尋找到了答案：孩子們最喜歡童話世界，快樂學習最有成效。

於是，我就開始寫辨字知識童話，把常見的形近字、同音字寫進童話中，讓孩子讀著美麗的童話故事，一邊享受快樂，一邊學習辨

字。

去年暑假，我們一家到重慶四面山旅遊，在臥龍溝看猴群的時候，看見那可愛的小猴子們手舞足蹈，女兒在一塊青石板上寫下了「揮手作別」一詞。我們游完了臥龍溝，已是夕陽西下，女兒在另一塊青石板上寫下了「落日餘暉」一詞。夜晚，我們一家掀窗而望，只見萬家燈火，倒映在龍潭湖上，女兒又在窗前寫下了「交相輝映」一詞。

晚上，我久久不能入眠。想著女兒寫過的「揮手作別」、「落日餘暉」、「交相輝映」這三個詞，我的心，豁然開朗：「揮」、「暉」和「輝」，不就是一組形近字與同音字嗎？為什麼不把辨字知識童話放到旅遊景點來寫？為什麼不讓孩子們快樂的遊玩、快樂的學習？當晚，我就構思了〈臥龍溝遇猴王〉這一辨字知識童話。

第二天，我們一家欣賞了四面山的水口寺瀑布、土地岩的壁畫等，我一邊遊玩，一邊構思著故事。

四面山之行結束後，我回到家裏，任指尖在鍵盤上飛舞，任文字從心底瀉出，一口氣寫下了〈臥龍溝遇猴王〉、〈古棧道遇險〉、〈古樹的祕密〉、〈神奇的壁畫〉這四篇辨字知識童話，故事都是發生在四面山中。

我把這些故事給身邊的小朋友讀，然後，再出幾個與故事中出現的形近字或同音字相關的練習題給孩子們做。沒想到，孩子們都快樂的完成了，還對從未去過的旅遊景點有了一定的瞭解，有的居然露出一副「不出家門而曉天下」的得意神情。

看著孩子們讀完故事後臉上蕩漾著的笑容，看著孩子們交給我的完美的答卷，我感覺自己是世界上最幸福的人！於是，一個個發生在旅遊景點的辨字童話故事，從我的心底瀉出，走進了孩子們的心間；因此得以結集成第一本華文辨字童話。

我相信，孩子們讀完這些故事後，一定會開心的說：「我遊、我辨、我快樂！」

童話作家的任務是什麼？是給孩子們快樂！「快樂」，不僅僅是讓孩子們開懷大笑，還包涵著給孩子們歡喜思考與啓迪。

一名優秀的童話作家，一定要給孩子們從臉上到心靈的快樂。

一部優秀的童話作品，一定要讓孩子們獲得智慧並健康成長。

故事開場白

廣大的森林是動物朋友的樂園，許多動物都在這裡快樂的生活。其中，有一隻蹦蹦鼠，是老鼠王國裡的鼠博士；他飽讀詩書、胸懷大志，喜歡邊遊歷邊學習。

有一天，蹦蹦鼠正在翻查字典，突然來了一隻貓，他嚇得趕緊拔腿就逃。貓緊追在後，大喊：「別跑呀！我不會傷害你啦！」

「哼！想騙我，我才不會上當呢！」蹦

蹦鼠嘟噥著，繼續向前衝。

「如果你不相信，我現在就停下來，我們保持安全距離。」

蹦蹦鼠感覺貓真的不再追來，也停住了腳步。

「你剛才在看什麼書呢？」貓好奇的問。

「我在查字典呀！」

「就是可以認識很多字的書嗎？我只認得幾個字，同伴們都取笑我是『目不識丁』，還罵我是一隻『笨笨貓』。」

「哈哈哈！那你一定很笨嘍！」

「其實，我也不笨，只是不用功學習，所以才會學識淺薄；碰上不認識的字，常常鬧笑話而已。」笨笨貓自己說得都臉紅了。

「所以，你想多認識一些字是嗎？」

「對呀！你願意教我嗎？」

「沒問題！正好我和豆豆兔要去遊歷名山大川，你可以一起去。」

蹦蹦鼠毫不考慮就答應了。

「可是，你們不是要去玩嗎？」笨笨貓以為蹦蹦鼠會錯意了。

「這叫『行萬里路，讀萬卷書』，隨時隨地都可以學習。」

笨笨貓又問：「豆豆兔是誰呀？」

「他就像我的小跟班，我走到哪兒，他就跟到哪兒；而且，他最喜歡做小朋友們的開心果，帶給小朋友們無窮無盡的快樂。」蹦蹦鼠說完，便開始呼叫豆豆兔。

不一會兒，豆豆兔就跑了過來。「嗨！您好，我是笨笨貓。」笨笨貓主動打招呼。

「他是我們的新夥伴。從現在開始，我們要住進樹皮小屋，生活在一起，相互熟悉一下，也增進彼此的情感；等過了聖誕節，再一起去遊歷。」

「我是豆豆兔，歡迎你加入！」豆豆兔也主動走過去和笨笨貓握手。從此，三個夥伴展開了一段學習之旅。

目錄

2 編輯序 當孩子不愛讀書
8 作者序 給孩子快樂吧
14 故事開場白
20 神祕的聖誕禮物
32 鳳梨奇遇記
44 智取七星龍珠
54 神女峰脫險
64 暢遊白帝城
74 巧出鬼門關
84 笨笨貓懸棺取鼠
90 神農溪尋白狐
108 眞假騰龍
116 笨笨貓猜燈謎
124 臥龍溝遇猴王
134 古棧道遇險
144 古樹的祕密
156 神奇的壁畫
168 起手無回大丈夫

176 「搏」和「博」是好朋友
186 該「堵」還是「賭」？
194 恐龍危機
206 幸福洋溢的春日
214 美麗的文化古城
222 難得的冰糖葫蘆
232 親親丹頂鶴
242 花果山上吃蟠桃

250 美食節
260 是誰打小報告？
268 水族館奇遇
276 千佛塔巧救小白鼠
284 會唱歌的門牙
292 笨笨貓遭遇刺客
302 人間有愛笑開懷

神秘的聖誕禮物

笨笨貓隨著蹦蹦鼠和豆豆兔住進了樹皮小屋之後，他們在那裡快樂的學習和生活著，很快就成了無話不談的好兄弟。沒多久，森林裡已不時飄著雪花，眼看耶誕節就要到了。

「快來看呀！快來看呀！」窗外的快樂天□大聲呼喊：「聖誕老人趕著麋鹿車，爲我們送聖誕禮物來了！」

豆豆兔、蹦蹦鼠和笨笨貓急忙打開窗户，等待著聖誕老人的到來。

「親愛的小朋友們，祝福你們健康快樂、成績進步！呵呵呵！」駕著麋鹿車的聖誕老人，笑著給孩子們帶來了祝福，又趕著麋鹿車走了。

「聖誕老人怎麼沒有給我們帶來聖誕禮物呢？」笨笨貓皺著眉頭說：「我還想搭個□車，隨著聖誕老人環遊世界呢！」

「哈哈哈！」蹦蹦鼠扯了扯笨笨貓的鬍子說：「這個你就不知道了！聖誕老人的禮物啊，可能藏在襪子裡，也可能藏在鞋子裡呢！」

「還有可能藏在枕頭裡！」豆豆兔也笑著說。

笨笨貓搔了搔腦袋說：「那我得趕緊去看看我的鞋子裡有沒有聖誕禮物。」

笨笨貓剛從床底下拿出他那雙長筒靴子，就「啊——」的一聲尖叫起來。原來，一隻紅鬍子老鼠從他的靴子裡鑽出腦袋，衝著笨笨貓喊：「嗨！耶誕快樂！」

蹦蹦鼠哈哈大笑：「看啊，貓也害怕老鼠了！我們老鼠翻身做主人了！」

「這鞋裡可是有寶貝的。」紅鬍子老鼠說：「我是聖誕老人派來把守禮物的；如果誰能答對我的問題，我就爲誰大開方□之門。」

紅鬍子老鼠說完，就拿出一道題目：

為下面的字注音：使□　便□

笨笨貓急於得到聖誕禮物，馬上拿起筆寫下：

使［ㄅㄢˋ］　便［ㄕˇ］

「噗——」紅鬍子老鼠衝著笨笨貓放了一個臭屁，「對不起，你不能領取寶貝。」臭屁熏得笨笨貓捂住鼻子躲到豆豆兔身後。

「哈哈，笨笨貓認錯字，是家常便飯啦！我會做。」蹦蹦鼠拿起筆寫下：使 ㄕˇ　便 ㄅㄧㄢˋ

「恭喜你，答對了！」紅鬍子老鼠從靴子裡鑽了出來。

「親愛的蹦蹦鼠，讓我陪伴你度過一個快樂的鼠年吧！」一隻可愛的電子鼠從長筒靴裡鑽出來，樂得蹦蹦鼠笑開了嘴。

笨笨貓則跑到一邊，翻字典去了。

「我得去看看我的枕頭裡有沒有聖誕禮物。」豆豆兔來到了自己的床邊。

「嗨！大家好！」一隻戴著藍色小帽的老鼠從枕頭裡鑽了出來，帽子上寫著：「能把『使』和『便』填入適當的括弧內，我就聽誰的□喚，爲他變出一樣聖誕禮物。」

□用　□利　即□　□者

□餐　□命　□條　□勁

豆豆兔二話不說，提筆就做答；藍帽老鼠一看，竟然全部答對了。他很有禮貌的問：「親愛的豆豆兔，你需要什麼樣的聖誕禮物呢？」

「我最想要的禮物，就是你能再給笨笨貓一次領取禮物的機會。」豆豆兔說：「你看，他學得多認眞呀！」

是啊，笨笨貓爲了能做對一道題，爲了能得到一件聖誕禮物，他正在用功學習呢！

「在笨笨貓的襪子裡，也藏著一件聖誕禮物，他可以再去試一試。」藍帽老鼠說。

笨笨貓來到自己的襪子跟前，只見那隻襪子鼓得特別大，好像裡面裝了千萬件寶貝似的。襪子上貼著一道題目：

用下面的兩個字，分別寫出三個

詞：

使：□□ □□ □□

便：□□ □□ □□

「這個我會做，剛才我認真學習過了。」笨笨貓高興的說。於是，他真的做出了這道題目。

「恭喜你，答對了！你可以領取禮物了。」藍帽老鼠打開襪子。

「天啊！這可是世界上最珍貴的禮物了！」蹦蹦鼠尖叫起來。

「是啊！什麼樣的玩具也沒有這樣的禮物貴重啊！」豆豆兔也

非常羨慕。

原來，這是一套十二本的「慈濟兒童故事書」。「有『發明故事』，有『生活故事』，還有『文學故事』耶！我一定能從這些書中學到許多知識，成為貓博士！」笨笨貓樂得瞇著眼睛，翹著鬍子，昂首走起了貓步。

文字小錦囊

小朋友，下列的詞彙包含上面空格的正確答案——你答對了幾題？

使：天使、使喚

便：便車、方便之門

問題一：

使用、便利、即使、使者

便餐、使命、便條、使勁

問題二：

使：指使、促使、出使

便：輕便、便民、隨便

鳳梨奇遇記

今天是個好天氣，豆豆兔提著自己種的水果，到山的另一邊看望兔爺爺去了。蹦蹦鼠和笨笨貓一邊讀著故事書，一邊吃著可口的鳳梨。

「嗨！你們好！」從鳳梨裡忽然跳出一個頂著鳳梨帽兒的鳳梨小人兒，嚇了兩人一跳。

他笑呵呵的對蹦蹦鼠和笨笨貓說：「你們想到鳳梨□堡裡去玩耍嗎？那裡可是一個神祕的世界呵！」

「聽起來很有趣呢！」蹦蹦鼠說。於是，蹦蹦鼠和笨笨貓隨著鳳梨小人兒來到了鳳梨□堡裡。

「啊，這是一個多麼美麗的地方呀！」蹦蹦鼠高興的說。

「是啊，這裡還有好多閃閃發光的鳳梨呢！」笨笨貓驚奇的說。

鳳梨小人兒說：「如果你們能虔□的向這些發光的鳳梨許願，並且按照它的提示做一些有意義的事情，它就能幫你實現願望呢！」

笨笨貓聽了，趕緊對身邊一個閃著綠光的鳳梨說：「鳳梨啊鳳梨，我想要一輛會飛的賽車，你能給我嗎？」

想不到，閃著綠光的鳳梨「哧」的一聲，放出一團黑煙，便飛也似的跑了。

「真臭呀！」笨笨貓趕緊捂著鼻子說：「臭鳳梨！不但不幫我實現願望，還放臭屁！」

「笨笨貓，肯定是你一點□意也沒有，它怎麼可能幫你呀？」蹦蹦鼠說。

鳳梨小人兒跑上笨笨貓的鼻梁，捏著笨笨貓的鼻子說：「你再找個鳳梨，真心□意的許個願，一定能□功。」

笨笨貓來到一個閃著紅光的鳳梨面前，真□的說：「鳳梨啊，我想得到一輛既漂亮、又能帶著我們飛到世界各地去旅遊的

熱氣球，您能幫我實現這個願望嗎？」

「你是從□外來的小客人吧？鳳梨□堡歡迎您！」閃著紅光的鳳梨說話了：「在□樓最高處的鳳梨塔裡，有一個熱氣球；不過，你要過得了藍光鳳梨那道關卡才行。」

笨笨貓和蹦蹦鼠謝過了紅光鳳梨和鳳梨小人兒，一起爬上了高高的□樓，再沿著□牆走了大半圈，來到了鳳梨塔前。一個渾身閃著藍光的鳳梨，手持鳳梨劍，守護在那裡。

「看他那副凶樣，我恐怕得不到熱氣球了。」笨笨貓有些膽怯了。

「不要怕！我們都爬上來了，可不能半途而廢呀！」蹦蹦鼠說。

鳳梨小人兒笑著說：「心□則靈，你去試一試呀！」

笨笨貓微笑的對藍光鳳梨說：「我是笨笨貓，我有機會獲得您這裡最漂亮

的熱氣球嗎？」

只見藍光鳳梨的鳳梨劍一揮，一隻藍色的匣子和一塊紅綢飛了出來，高高的懸掛在鳳梨塔的頂端。放眼望去，紅綢上寫著：「孑然一身人稱□，有土相伴也是□，去土加言仍是□；能知分別在哪裡，匣子馬上屬於你。」

□市　熱□　□熟　京□　竭□

赤□　省□　忠□　□鎮　□就

藍光鳳梨說：「匣子裡裝著打開熱氣球的金鑰匙。就看你們的了。」

笨笨貓傻眼了；他左看右看，上看下看，無力的說：「我怎麼覺得每一個空格都是填一樣的字呢？」

「看樣子你是做不來的，」蹦蹦鼠笑著說：「只好我做題，你駕氣球。便宜你嘍！」

蹦蹦鼠剛把這道題目做完，藍色匣子便自動打開了；裡面那把金鑰匙「嗖」

一聲，飛到了蹦蹦鼠的手中。笨笨貓和蹦蹦鼠進了鳳梨塔，打開了會飛的熱氣球，便乘著熱氣球，開開心心的回到了樹皮小屋。

就在進門的時候，豆豆兔正好也從兔爺爺那裡回來了。蹦蹦鼠、笨笨貓和豆豆兔非常開心。晚上，他們在樹皮小屋裡收拾著行李，準備乘著熱氣球去旅遊。

「我們先去哪裡好呢？」豆豆兔問。

蹦蹦鼠說：「我們先去中國的長江三峽吧！大家都說三峽好風光呢！」

「我好怕呵！」豆豆兔閉上了眼睛說：「聽說三峽有酆都鬼城呢！」

「哈哈哈！真是膽小鬼！」笨笨貓哈哈大笑。

蹦蹦鼠說：「那麼，我們就先去酆都鬼城吧！」

「贊成！」連原本害怕的豆豆兔也舉手附和。

文字小錦囊

小朋友，下列的詞彙包含上面空格的正確答案——你答對了幾題？

城：城堡、城外、城樓、城牆

誠：虔誠、誠意、真心誠意

心誠則靈

成：成功

問題：

城市、熱誠、成熟、京城、竭誠

赤誠、省城、忠誠、城鎮、成就

智取七星龍珠

蹦蹦鼠、笨笨貓和豆豆兔乘著熱氣球，聽著收音機傳出的音樂，自在的飄在三峽上空欣賞遼闊的風光。

「新聞快報！黑心女巫從至尊寶殿中搶走了七星龍珠，□藏在酆都鬼城的閻王殿中。」忽然，從蹦蹦鼠的收音機裡傳來快報。

「豆豆兔，我們趕緊去把七星龍珠搶回來呀！」蹦蹦鼠著急的說：「這七星龍珠是寶貝呢！如果被黑心女巫帶到巫婆谷，那我們就甭想過安寧的日子了。」

「酆都鬼城裡面機關繁多，女巫在暗處，我們在明處，這叫……叫……」笨笨貓就是想不出那個成語。

豆豆兔接過來說：「這叫明槍易□、暗箭難

防。」

豆豆兔、笨笨貓和蹦蹦鼠來到了酆都鬼城的玉皇殿。殿內有三十三步石梯，在第一級石梯上，正斜□著一隻藍尾巴的狐狸。藍尾狐說：「想登上這三十三步天梯嗎？登完天梯，就可以做神仙了。」

笨笨貓急切的說：「豆豆兔、蹦蹦鼠，我們趕緊登天梯呀！如果我們成了神仙，就不用怕女巫了；那時，我們再回來找七星龍珠。」

「哈哈哈！想登上我這天梯，你們必須先把第一級石梯上的『躲』字和『躺』字，按照正確讀音，踏過它的注音符號。只要錯一個字，你就上不了天梯；如果兩個字都錯，就要受到懲罰。」藍尾狐冷笑著說。

笨笨貓不管三七二十一，率先踏著注音符號：

躲 ㄊㄤˇ　躺 ㄉㄨㄛˇ

只聽「噹啷—

——」一聲響，天梯上裂開了一個大窟窿，笨笨貓掉了下去！「哈哈，不自量力的傢伙，掉進地獄裡去嘍！」藍尾狐哈哈大笑。

豆豆兔緊張的問藍尾狐：「有什麼辦法可以把我的朋友救上來？」

「我不想爲難你們，就用那兩個字，除了注音之外，再分別造三個詞吧！做對了，不但可

以救出你的朋友，還可以實現另一個願望。」

躲□：□□ □□ □□

躺□：□□ □□ □□

「我負責注音！」蹦蹦鼠拿筆寫了起來。

「我負責造詞！」豆豆兔說。

豆豆兔和蹦蹦鼠分工合作，很快就完成解答。

豆豆兔和蹦蹦鼠剛把題目做完，只聽「嗖——」的一聲，笨貓就從地獄裡被丟了出來。

「天啊！那可惡的黑心女巫也在地獄裡！她慫恿四大判官，說我不用功讀書，要讓我下輩子投生豬胎呀！」笨笨貓一出來就對其他人哭喪著臉說：「我可不願意當豬八戒啊！」

笨笨貓的話，逗得豆豆兔和蹦蹦鼠哈哈大笑。

「你們真是做得又快又好啊！」藍尾狐說：「說說你們目前最想實現的願望吧！」

豆豆兔趕緊說：「我們要找到那顆被女巫藏起來的七星龍珠。」

「七星龍珠，你出來吧！這三個聰明好學的小朋友，會把你送回到至尊寶殿的！」藍尾狐的話剛說完，一顆閃著金光的七星龍珠忽然在半空出現，然後緩緩的落到了豆豆兔手裡。

「可惡的女巫，帶著我東□西藏！今天，我終於找到真正的主人了。」七星龍珠高興的說。

蹦蹦鼠從豆豆兔手裡拿過七星龍珠，對大家說：「明天，我就把它送回至尊寶殿；它會讓這個世界永遠美麗。」

文字小錦囊

小朋友，下列的詞彙包含上面空格的正確答案——你答對了幾題？

躲：明槍易躲、東躲西藏

躺：斜躺

問題：

躲 [ㄉㄨㄛˇ]：閃躲、躲避、躲藏

躺 [ㄊㄤˇ]：躺下、躺椅、斜躺

神女峰脫險

蹦蹦鼠和豆豆兔乘著熱氣球，帶著七星龍珠到至尊寶殿去了，留下笨笨貓在旅店裡休息。

笨笨貓一個人覺得很無聊，想起以前聽過人家聊到巫峽附近有一座漂亮的神女峰，便決定去神女峰玩耍。笨笨貓拿出玩具火箭貓，對它說：「帶我去神女峰吧！」

這具玩具火箭貓很神奇：平時是玩具，當主人需要的時候，它就能變成眞的火箭呢！笨笨貓的話剛說完，玩具火箭貓就變成了能飛而且會說話的火箭貓。

火箭貓載著笨笨貓，來到了巫峽，遙望著神女峰。

笨笨貓驚訝的說：「那矗立在雲霞之間的神女峰，宛若一個亭亭玉立、美麗動人的少女，果然名不虛傳啊！」

「是啊，如此險□的山峰，又如此美麗，真是少見呢！」火箭貓也讚歎著。

火箭貓載著笨笨貓來到了神女峰的仙人臺上。這時，笨笨貓心血來潮，撿起石頭在地上寫下：

「美哉！俊俏的神女峰，宛如一位峻峭的姑娘兀立峰頂啊！」

他又大聲吟唱了一遍。

突然，神女峰上空出現一條黃色的巨龍，發出駭人的吼聲：

「你這隻才學膚淺的笨貓，竟敢在這裡賣弄文采！我先把你鎖入神女書房內，苦讀十天，讓你知道自己錯在哪裡！」黃色巨龍掃起一陣龍捲風，把火箭貓和笨笨貓捲進了神女書房。

這間書房裡，除了好幾個大書櫃裡裝著滿滿的書之外，還有簡單的書桌、椅子跟一張小床。奇怪的是，找不到任何窗跟門。

「看來，只好先用功讀書才能逃出去了。」笨笨貓對火箭貓說。他在神女書房裡找到一本字典，苦讀了十天，終於找出了錯別字。笨笨貓

把那句話改成了：

「美哉！『峻峭』的神女峰，宛如一位『俊俏』的姑娘兀立峰頂啊！」

「巨龍！我已經把錯別字改出來了，快放我們出去！」笨笨貓在神女書房裡大聲呼喊。

「嗖——」一道金光閃過，一顆龍珠落在神女書房的書桌上；接

著，龍珠變化出八個字，旁邊各有一個括弧：

□美　□嶺　□拔　險□

英□　陡□　□傑　嚴□

「你能用『俊』和『峻』正確的填入括弧裡，我就會放你們出去。」

巨龍擺明了要驗收笨笨貓的學習成果。

「主人呀！您一定要答對啊！不然，我們就別想離開這裡了。」

火箭貓只想趕快逃出去。

「哈哈！放心吧！我這幾天已經把『俊』和『峻』這兩個同音

字的用法都讀透了，再也難不倒我了。」

果然，笨笨貓很快就填好了。

「可是，我還是不懂『俊』和『峻』的差別耶！」火箭貓一臉傻笑。

「『俊』字的部首是『人』，意思是『容貌秀麗』和『才智過人』；『峻』字的部首是『山』，意思是『山高而陡』和『嚴厲』。瞭解字的涵義，就能運用自如。」巨龍對火箭貓說。

笨笨貓既然通過了考驗，黃色巨龍不僅把笨笨貓和火箭貓放出了神女書房，還帶著他們盡情遊覽了巫峽。

火箭貓載著笨笨貓回到旅店的時候，蹦蹦鼠和豆豆兔也回來了，他們還從至尊寶殿中帶回了一本《三國演義》。三個小夥伴頭碰頭的靠在一起，津津有味的讀起《三國演義》。

「這一節講的是『劉備白帝

城託孤』呢！」蹦蹦鼠說：「白帝城就在這附近呵！那麼，明天我們就去看看吧！」

「這眞是個好主意！」笨笨貓和豆豆兔異口同聲的說。

文字小錦囊

小朋友，下列的詞彙包含上面空格的正確答案——你答對了幾題？

峻：險峻、峻峭

俊：俊俏

問題：

俊美、峻嶺、俊拔、險峻

英俊、陡峻、俊傑、嚴峻

暢遊白帝城

「蹦蹦鼠、豆豆兔，昨天不是說要到白帝城嗎？趕緊走啊，我把熱氣球都準備好嘍！」□玩的笨笨貓一大清早就吵著要出去遊覽了。

「你們看，這就是位於瞿塘峽的白帝城。」坐在熱氣球上，蹦蹦鼠說：「這裡一面靠山，三面環水，背靠高峽，面臨長江，氣勢十分雄偉壯觀呢！」

下了熱氣球，蹦蹦鼠、笨笨貓和豆豆兔走到了景色迷人的白帝城。

「各位遊客，歡迎你們光臨歷史名城白帝城。」漂亮的導遊小姐滿面春風的迎了上來：「白帝城風景如畫，名勝古蹟非常多，早已成爲中外遊客遊覽長江三峽風光的必遊之地。白帝城內主要的景點有明良

殿、白帝託孤堂、碑林、杜甫西閣、武侯祠、觀景亭、望江樓等建築，還有劉備、諸葛亮、關羽、張飛等人的塗金塑像及風箱峽懸棺展覽。」

「天啊！要是能把美麗的白帝城搬回家，天天欣賞，該有多好？」笨笨貓異想天開。

豆豆兔拍了一下笨笨貓的頭說：「你啊，真是個□心的傢伙！」

「幾位小朋友想先參觀哪裡呢？」導遊小姐問。

「聽說劉備臨死前把劉禪託付給了諸葛亮。」有學問的蹦蹦鼠說：「我們就先去看看白帝託孤堂吧！」

導遊小姐帶著蹦蹦鼠、笨笨貓和豆豆兔來到了託孤堂前，只見堂門緊閉；導遊小姐說：「這道門靠聲音控制開關。當門上出現字的時候，要在五秒鐘內讀出來，門才能打開。」

這時，大夥兒都盯著門看。「耶！字出現了。」

豆豆兔的叫聲突然像鞭炮似的炸開。

只見門上出現兩行字：「貪圖富貴」、「貧困無依」。

笨笨貓迫不及待的念出：「ㄆㄣˊ ㄊㄨˊ ㄈㄨˋ ㄍㄨㄟˋ」、「ㄊㄢ ㄎㄨㄣˋ ㄨˊ ㄧ」。

大門仍然緊閉著。

「我讀錯了嗎？」笨笨貓說：「現在怎麼辦？」

「只好再等一會兒了。」導遊小姐要他們繼續注意門板上的變化。

「笨笨貓，下一次你如果沒把握，就不要搶著念，這樣我們才能早點兒進去。」豆豆兔說。這時，字又出現了：「貪得無厭」、「嫌貧愛富」。

蹦蹦鼠這次搶先念道：「ㄊㄢ ㄉㄨㄛˇ ㄨˇ ㄒㄧㄢ」、「ㄒㄧㄢˇ ㄆㄣˊ ㄞˋ ㄈㄨˇ」。「嘎——」門終於開了。

他們進了白帝託孤堂，只見堂內的床上躺著劉備，床尾站著諸葛亮，榻下跪著的是劉禪。導遊小姐介紹說：「這就是當

年劉備臨終前，把劉禪和國家大事託付給諸葛亮的情景。劉備死後，諸葛亮鞠躬盡瘁，輔佐劉禪……」

「如此看來，諸葛亮還眞不是個□生怕死的人！」笨笨貓又插了一句話。

「就你□嘴。」蹦蹦鼠白了笨笨貓一眼。

出了白帝託孤堂，豆豆兔提議去看看明良殿。

他們一進入明良殿，就看到了威武的公孫述塑像。

「西元三十六年，公孫述與劉秀爭天下，被劉秀所滅，白帝城也在戰火中化爲灰燼。在公孫述稱帝期間，各地戰亂頻仍，百姓大多一□如洗，白帝城一帶卻比較安寧。當地老百姓爲了紀念公孫述，特地在白帝城興建『白帝廟』，塑像奉祀。」導遊小姐介紹說。

聽了導遊小姐的話，蹦蹦鼠感慨的說：「公孫述能為當時的□苦百姓造福，所以才能贏得百姓的尊敬啊！」

接下來，蹦蹦鼠、笨笨貓和豆豆兔在導遊小姐的帶領下，參觀了武侯祠、觀景亭、望江樓等建築，還有劉備、諸葛亮、關羽、張飛等人的塗金塑像及風箱峽懸棺展覽。

在回旅店的路上，蹦蹦鼠扯著笨笨貓的小鬍子說：「回去後，你可一定要努力學習，不能再□吃懶做；下次再出去旅遊，要是又遇上難題，可就掃興了。」

一路上，三個小夥伴快樂的嬉戲著；他們怎麼也沒有想到，作惡多端的黑心女巫，緊緊的跟在他們的身後……

文字小錦囊

小朋友，下列的詞彙包含上面空格的正確答案——你答對了幾題？

貪：貪玩、貪心

貪生怕死、貪吃懶做

貧：貧嘴（多嘴的意思）

貧苦、一貧如洗

巧出鬼門關

「三峽眞是一個美麗的地方呀！」豆豆兔說：「這裡不但有秀麗的神女峰，還有神祕的酆都鬼城……」

「啊——」豆豆兔的話還沒有說完，就忽然被一股強勁的旋風捲走了。

空中立□傳來女巫的狂笑：「哈哈哈，讓那自以爲是的兔崽子，進鬼門關吧！看誰能救得了他！」

「蹦蹦鼠，緊急時□到了，你可得想個救豆豆兔的好辦法

呀！」笨笨貓著急的說。

蹦蹦鼠握緊拳頭說：「我們一定要□服所有困難，救出豆豆兔。」

「美麗的神女呀，您能告訴我救出豆豆兔的辦法嗎？」蹦蹦鼠眺望著遠處的神女峰，雙手合十的祈禱及詢問。

天空中眞的傳來沉穩卻悅耳的女聲：「瞿塘峽上孟良梯，倒吊和尚口中齒；酆都鬼城天子殿，考罪石上掛紅絲。」

「神女眞的說話了？」笨笨貓驚訝的問。

「時間緊急，□不容緩！」雖然不是很懂神女的意思，但蹦蹦鼠和笨笨貓還是馬上叫了一輛計程車，直奔瞿塘峽。

瞿塘峽的絕壁上，有一些人工鑿□成的石孔，由下而上成「之」字形伸向頂端，人們叫它「孟良梯」。孟良梯旁，有一個石□的光頭和尚倒掛在那裡。

「『瞿塘峽上孟良梯，倒吊和尚口中齒。』就是這裡！」下了車，蹦蹦鼠和笨笨貓奔上山，到了「倒吊和尚石」旁。

蹦蹦鼠說：「笨笨貓，你的手比較靈巧，趕緊伸進和尚嘴裡，把那顆牙齒摸出來。」

笨笨貓果然從和尚嘴裡摸出一顆超大的

牙齒，上面□著密密麻麻的字：□制你們內心的不安，深□瞭解酆都鬼城的奇妙，在午時一□，抵達鬼城天子殿；見到殿前那塊考罪石，即□把這顆牙齒繫在石上的紅絲帶，就能救出豆豆兔。」

他們依照指示的時間，又搭著計程車到了酆都鬼城的天子殿；那是閻羅王住的大殿，殿前有一方石槽，一根紅絲帶靜靜的躺在那裡。

「這應該就是考罪石了。」笨笨貓一時半□也等不及，立□跳上考罪石，準備把牙齒繫上。

當笨笨貓把手伸向紅絲帶的時候，一道紅光閃過，一個蒼老的聲音在空中響起：「這考罪石上只能容許用金雞獨立的方式站著，並且要注視前方的『神目如電』四個大字；等待字開始變化成另外四個字時，立刻將空格或注音的字，寫在考罪石上。

通過神目的考驗，你才能碰觸紅絲帶。」

「天呀！可嚇到我了！」笨笨貓趕緊跳出考罪石，把蹦蹦鼠拉了進去。

蹦蹦鼠單腳站立石上，注視著前方；片□之後，『神目如電』四個大字，變化成：「以柔□剛」，又變成「□敵制勝」、「攻無不□」、「□骨銘心」、「一□千金」、「克勤□儉」等詞。

蹦蹦鼠不愧是鼠博士，他很專注的應對，終於通過考驗。

當蹦蹦鼠把牙齒繫在紅絲帶上的時候，鬼門關的門開了；「謝謝你們救了我！」豆豆兔喜極而泣的從鬼門關裡走了出來。同時，裡面卻傳來黑心女巫的的嚎叫：「放我出去，快放我出去！」作惡多端的黑心女巫，終於被打入了十八層地獄。

用無線長程遙控器召來熱氣球，蹦蹦鼠、笨笨貓和豆豆兔便一起乘著熱氣球，回到了旅店。

「女巫進了地獄，我們也放心了。」豆豆兔說。

笨笨貓生性貪

玩，馬上接著問：「那麼，明天我們要上哪兒去呢？」

蹦蹦鼠拿出三峽地圖，對他們說：「你們看，這裡是古棧道，古棧道上有懸棺，十分奇特。我們明天就去看看吧！」

文字小錦囊

小朋友，下列的詞彙包含上面空格的正確答案——你答對了幾題？

刻：立刻、時刻、刻不容緩

深刻、午時一刻、即刻

一時半刻、片刻、鑿刻

石刻

克：克服、克制

問題：

以柔克剛、克敵制勝

攻無不克、刻骨銘心

一刻千金、克勤克儉

笨笨貓懸棺取鼠

蹦蹦鼠、笨笨貓和豆豆兔乘著熱氣球，來到了位於瞿塘峽的古棧道上。古棧道蜿蜒於絕□之上，好像懸掛於半空中。山□間有無數存放懸棺的洞口；向下望去，如臨萬丈深淵。

他們進入一個存放懸棺的洞內，只見崖□上題著兩行字：

在三峽的岩□之間，存放著許多懸棺；

棺內藏有玉□、珠寶、寵物鼠等珍貴物品。

也許是年代久遠，兩行字各掉了一個□字。笨笨貓想了想，就拿起筆，填上兩個「壁」字。

笨笨貓剛填完，只聽「吱——」的一聲，棺材打開了，從裡面蹦出一隻玲瓏的寵物鼠，衝向笨笨貓的背上，說：「主人，我將帶給您好味道呵！」

「哈哈！應該是我塡得好，所以要賞給我一隻寵物鼠，讓我開心過日子！」笨笨貓笑得合不攏嘴。

只見寵物鼠飛快爬向笨笨貓的頸背，「哧溜——哧溜——」連放了幾個臭屁；笨笨貓捏著鼻子，一副非常難受的樣子。

「哈哈哈，你肯定是填錯了，所以寵物鼠才放臭屁的。」豆豆兔說。

「怎麼會錯了呢？」笨笨貓左看右看，還是看不出哪裡錯了。

「我來告訴你錯在哪裡吧！」蹦蹦鼠說：「『壁』的意思是「牆」，如：牆壁、壁報、壁壘、峭壁、絕壁。而『璧』的意思是玉器的通稱，如：玉璧、和氏璧、璧還。」

「我瞭解了！『壁』字，本身就和『土』有關，所以，是『土』字底；『璧』字和『玉』有關，所以是『玉』字底。」

於是，笨笨貓把另一個「壁」塗掉，改成：

在三峽的崖壁之間，存放著許許多多的懸棺；棺內藏有玉璧、珠寶、寵物鼠等珍貴物品。

說也奇怪，改好之後，寵物鼠就不再放臭屁了。參觀過了懸棺，熱氣球又載著蹦蹦鼠、笨笨貓和豆豆兔，升上了藍藍的天空。

「蹦蹦鼠，我還沒有玩夠呢！接下來，我們要去哪裡玩呢？」笨笨貓問。

蹦蹦鼠想了想，然後說：「我們去湖北的神農溪吧！那裡也是一個美麗的世界。」

文字小錦囊

小朋友，下列的詞彙包含上面空格的正確答案——你答對了幾題？

壁：牆壁、壁報、壁壘
絕壁、山壁、崖壁
岩壁、壁櫥、壁飾
壁立千仞

璧：玉璧、和氏璧、璧還
完璧歸趙、璧謝

神農溪尋白狐

笨笨貓、蹦蹦鼠和豆豆兔乘著熱氣球，從長江三峽的巫峽出發，進入香溪寬穀，來到了神農溪。

神農溪發源於有「華中第一峰」之稱的湖北神農架原始森林主峰的南坡，全長六十公里。千百年來，神農溪像龍一般的雄踞於千重高山和萬道深澗之間，最後在湖北巴東縣境內的西壤口，悄悄的投入浩瀚長江的懷抱。

「這裡眞是一片綠色的世界啊！眞是太美了！水是濃綠的，山是翠綠的，天是碧綠的。」豆豆兔拿出那枝□色的畫筆和一張紙說：「我要畫一幅絕美的神農溪山水畫。」

這時，不知道從什麼地方鑽出來一隻白狐，一把搶過豆豆兔的畫筆，然後彷彿跳進了湍急的溪流，轉眼間就不見了□影。

「我的筆！」豆豆兔驚叫一聲，轉頭對同伴說：「蹦蹦鼠、笨笨貓，你們可不能事不關己

呵！」豆豆兔撇著嘴說：「我這畫筆，是世界上一流的畫筆，可以畫出好多神奇的東西呢！怎麼可以讓那狡猾的白狐搶去呢？」

蹦蹦鼠想了想，便說：「笨笨貓，現在唯一的辦法，就是你帶著我們，沿著溪流，去跟□白狐。」

「這裡的水路錯□複雜，白狐又是那樣狡猾，他可不會那麼容易就露了自己的行□。這下子要怎麼辦才好呢？」笨笨貓無可奈何的望著同伴，神情沮喪的嘆息。

聽了笨笨貓的喪氣話，豆豆兔拖著笨笨貓的尾巴說：「你忘了有一次你遭遇壞心腸的大□熊攻擊了？你忘記是誰救了你？我的功勞也不小啊！你如果不幫我找回畫筆，我就拖住你的尾巴不放，讓你哪兒也去不了！」

「豆豆兔，你饒了我吧！」笨笨貓哭喪著臉說：「就是上刀山、下油鍋，我也帶你去找畫筆。行了吧？」

「哈哈！笨笨貓的小命，可掌握在豆豆兔手裡了。」蹦蹦鼠笑著說：「不要再耽擱時間了，我們還是趕緊出發，尋找行□不明的白狐吧！」

笨笨貓揹著蹦蹦鼠和豆豆兔，正準備沿著神農溪水往下游走去，一艘原始、古樸的土家族「豌豆角」木製扁舟攔住了他們的去路。

「一隻小小的『豌豆角』，就想攔住我能上天入地的笨笨貓？」

笨笨貓生氣了，用力朝「豌豆角」扁舟撞去。

只聽「碰——」的一聲巨響，笨笨貓被「豌豆角」撞出老遠，蹦蹦鼠和豆豆兔也從笨笨貓的背上摔到了地上。

「哈哈哈！想和我比試？」放聲狂笑的「豌豆角」說：「在神農溪的豆角舟比賽中，我可是□合素質排名第一！要想找到白狐，你們只有乘著我前往。」

「你真的能幫我們找到白狐？」蹦蹦鼠歪著腦袋問。

「我當然能找到他嘍！」把頭抬得高高的「豌豆角」神氣的說：「那可不是一般的白狐，那是一隻會在□樹上打洞的白狐，只有我才能辨別出他的住處。」

一聽說「豌豆角」可以找到白狐，豆豆兔上前討好的說：「親愛的『豌豆角』，敬愛的『豌豆角』，最最可愛的『豌豆角』，我們願意乘著你去尋找白狐。」

「豌豆角」高傲的說：「你們以爲這麼容易就能乘著我，順著神農溪流去尋找白狐嗎？」

「不然，你有什麼條件呢？」豆豆兔有一點兒緊張。

「很簡單呀！只要你們每個人在下面三個字中選出一個，各造三個詞就行了。」

綜：□□　□□　□□

蹤：□□　□□　□□

棕：□□　□□　□□

蹦蹦鼠搶先選擇「綜」字造詞，豆豆兔則隨後選了「蹤」字造詞。

只剩笨笨貓猛搔腦袋，不敢吭聲。

「豌豆角」對豆豆兔和蹦蹦鼠說：「看樣子，這隻貓不會答題，你們就幫他回答吧！」

「我來幫笨笨貓做吧！」蹦蹦鼠說：「『棕』字可以造出『棕

櫚』、『棕色』、『棕樹』等詞。」

「好！既然你們都答對了，那就上來吧！」蹦蹦鼠、豆豆兔和笨笨貓便乘上了「豌豆角」扁舟，漂流在神農溪上尋找白狐。

他們漂過神農溪的龍昌洞峽、鸚鵡峽和棉竹峽；一路上，峽谷幽深，綠樹成

蔭，水清照影，風景如畫。只是，他們一直沒有發現白狐的□影。

這時，從一個村寨裡傳來了優美的歌聲。「豌豆角」說：「那裡是魚木寨，我們去欣賞一下優美動人的土家族巴山舞吧！」

他們三個扛起了「豌豆角」，來到魚木寨門前。只見寨門緊閉，門上貼著一道告示：

各位動動腦，找出錯別字，加以改正，才能進寨門。

告示下面是一個有錯別字的句子：

一群可愛的綜熊，組成一支棕藝團，行縱遍及森林各角落，和動物朋友們同樂。

豆豆兔很快就發現了一個錯

別字，他把第一小句中的「綜熊」，改成了「棕熊」。

蹦蹦鼠把第二小句中的「棕藝團」改成了「綜藝團」。

「第三小句中的『行縱』的『縱』也錯了，」笨笨貓搔了搔腦袋說：「可是……應該改成哪個字呢？」

「笨蛋！應該改成「足」字旁的『蹤』。」喜歡玩文字遊戲的「豌豆角」說完，就把正確的字寫了上去。

「吱——」，正確的字一寫上去，寨門果然開了。蹦蹦鼠、豆豆兔、笨笨貓和「豌豆角」進入了魚木寨。寨子裡，身穿土家盛裝的男女老幼，唱著土家山歌、跳著土家巴山舞歡迎遠來的賓客，好不熱鬧！

「快看！白狐！」豆豆兔一聲驚叫，只見一隻白狐飛快的穿過

人群，朝寨子的東邊跑去。

「終於發現白狐的□跡了！快追！」蹦蹦鼠當機立斷，跟□追擊！

他們朝寨子的東邊追去，在一片□樹林裡停了下來。

「『豌豆角』，你不是說能辨別出哪棵□樹裡住著白狐嗎？」豆豆兔說：「你趕緊把白狐的老巢給我們找出來呀！」

「豌豆角」向樹林裡望了望，對他們說：「狡猾的白狐不在家，可能知道我們會跟□而來，因此不敢回家。」停了一會兒，「豌豆角」又說：「但是，白狐住的□樹裡，應該藏著一件寶貝。」

蹦蹦鼠高興的說：「肯定是豆豆兔的畫筆！」

豆豆兔高興的跑向那棵□樹，當他正要伸手過去時，突然「唰唰唰」的一陣響動，□樹葉收攏起來了。樹上掛著一道告示：

回答括弧裡是「綜」、「蹤」或「棕」，才能找到神奇的畫筆：

□合報導、□影、行□、□髮

尋□覓跡、錯□複雜、□上所述

「這是我們幫豆豆免找回畫筆的唯一機會；無論如何，一定要寫出正確的答案。」蹦蹦鼠說。

於是，幾個小腦袋湊在一塊兒，認真的答題。最後，他們終於得出了正確答案。

寫下答案後，葉子便慢慢的打開了，樹的中心出現了一支畫筆。

「啊！我心愛的畫筆終於找回來了！」豆豆兔高興的唱啊、跳啊，幾個小夥伴手拉手，跳起了圓圈舞。

「我聽白狐說，騰龍洞裡有假騰龍出來搗亂。你們不想去看看嗎？」畫筆告訴了小夥伴們一個危險又有趣的消息。

於是，喜歡冒險的蹦蹦鼠、笨笨貓和豆豆兔當然不會錯過嘍！隨即準備到騰龍洞一遊。

文字小錦囊

小朋友，下列的詞彙包含上面空格的正確答案——你答對了幾題？

棕：棕色、棕樹

蹤：蹤影、跟蹤、行蹤

綜：錯綜複雜

問題一：

綜：綜觀、綜括、綜述

蹤：蹤跡、失蹤、無影無蹤

問題二：

綜合報導、蹤影、行蹤、棕髮

尋蹤覓跡、錯綜複雜、綜上所述

真假騰龍

美麗的熱氣球載著蹦蹦鼠、笨笨貓和豆豆兔，來到湖北省清江上游利川市區近郊的騰龍洞外。騰龍洞是世界特級溶洞之一，是中國最大的溶洞。

騰龍洞洞外風光山清水秀，洞中景觀神祕

莫測。洞中有五座山峰、十個大廳，地下瀑布十餘處；洞中有山，山中有洞，水洞、旱洞相連。

「清江蜿蜒十二曲，東出都亭入峽谷；夾岸鳥鳴山更幽，漸聞灘聲奏絲竹。」蹦蹦鼠、豆豆兔和笨笨貓隨著導遊一邊唱著騰龍洞導遊歌，一邊進入了騰龍洞。

「遊客們請注意！最近時常有假騰龍出來搗亂，請大家認真□別。」廣播裡傳出了導遊的聲音。

只見笨笨貓不屑的說：「我肯定能分□出誰是眞、誰是假的。」

「笨笨貓，你別逞強了。平時，□別相似的植物時，你都分別不出來，更不要說能□識騰龍眞假了。」豆豆兔笑著說。

「唉，都不要爭了。」蹦蹦鼠說：「事實勝於雄□，誰的能耐大，咱們騎驢看唱本——走著瞧。」

蹦蹦鼠、豆豆兔和笨笨貓穿過流連廳，走過教場壩，剛到石林晶山，就有一條騰龍攔住了他們的去路。那條穿黃袍的青面騰龍說：「歡迎光臨石林晶山，我願意做你們的導遊。各位請隨我來。」

豆豆兔和笨笨貓正要跟著上前，蹦蹦鼠急忙把他們拉到一旁，悄聲說：「可不能不□青紅皂白就跟著去呀！要是遇上假騰龍怎麼辦？」

「不如，我們來問問他？」豆豆兔眨著眼睛說。

「這可是個超讚的主意！」蹦蹦鼠和笨笨貓都投贊成票。

「蹦蹦鼠最有學問，就由你去問吧！」豆豆兔說。

蹦蹦鼠想了想，走到騰龍面前就問：「聽說騰龍有眞假，如何□識？」

「眞的假不了，何必靠嘴巴強□？」騰龍一臉不屑。

「這世界眞眞假假，眞假難□；如果，你能藉這個機會爲自己□護，是非曲直一定能愈□愈明。」蹦蹦鼠力勸騰龍答□。

「你這麼說，好像已經認定我是假的，教我百口莫□；雖然對我很不公平，但是我實在不想□駁。」騰龍轉身就走。

「你這個假騰龍，還想騙我們！今天，我就要除掉你這個害人精！」笨笨貓毫不猶豫的向假騰龍撲了上去。

假騰龍被笨笨貓拚命的神情嚇得驚慌失措，連忙騰空逃逸而去。

解決了假騰龍事件，蹦蹦鼠、豆豆兔和笨笨貓快樂的遊玩了「龍宮殿」、「流沙雞琴」、「百沙胎」等風景區。

「四十八道望江門，門門都見清江清；安得河嶽聚英靈，酣歌醉舞瑟吹笙。」他們再度唱起騰龍洞導遊歌，乘著熱氣球，飛翔在藍天上。

「快過年了，我們回樹皮小屋吧！」豆豆兔說：「我們的爸爸媽媽肯定很想念我們。」

「是啊，我們也該回家了。」蹦蹦鼠說。

熱氣球載著蹦蹦鼠、笨笨貓和豆豆兔，向森林裡的樹皮小屋飛去。

文字小錦囊

小朋友，下列的詞彙包含上面空格的正確答案——你答對了幾題？

辨：　辨別、　分辨、　辨識

　　　不辨青紅皂白、　真假難辨

辯：　事實勝於雄辯、　強辯、　辯護

　　　愈辯愈明、　答辯、　百口莫辯

　　　辯駁

笨笨貓猜燈謎

正月十五元□節那天晚上，蹦蹦鼠、笨笨貓和豆豆兔也和一群小朋友們鬧花燈、猜燈謎。

在大人們的帶領下，小朋友們在空曠的空地上快樂的施放沖天炮。「咻——」帶著響聲的沖天炮直沖雲□，樂得小朋友們直拍手叫好，卻嚇著了住在「靈□寶殿」的玉皇大帝。

「宵」和「霄」兩個漢字精靈看見了這一幕歡樂的景象，也歡天喜地的加入到熱鬧的孩子群裡，想要玩個通□達旦。

「咦！這兩個小傢伙，怎麼長得這麼像呀？」笨笨貓左手拉著「宵」，右手拉著「霄」，左瞧瞧、右瞧瞧，就是找不出「宵」和「霄」的差異。

蹦蹦鼠扯了扯笨笨貓的鬍鬚說：「你這笨貓，睜大眼睛仔細

看看就知道了！」

可是，笨笨貓還是沒有看出「宵」和「霄」之間有什麼差別。

時間已經是中□（即半夜）了，猴廚師大聲喊道：「快來呀，吃元□嘍！」小朋友們聽到喊聲，都爭先恐後的圍上去，擠著、搶著，好不熱鬧！

蹦蹦鼠又把「宵」和「霄」拉到笨笨貓跟前，說：「如果你能把它們的區別說出來，就可以吃這碗元□。」

「蹦蹦鼠，你就放過我這一回吧！」笨笨貓很不滿意的嘟噥著：「我去請豆豆兔告訴我。」

「他們兩個的字形雖沒有□壞之別，但意思卻大不相同。『宵』的本義是『夜晚』。上面的寶蓋頭表示房屋，下面有一個『月』字，月光照進房屋時自然已是夜晚；所以，與夜晚有關的詞語

便用『宵』。」豆豆兔很耐心的說明：「『霄』字是『雨』字頭，『雨』是在空中形成並落下來的；所以，『霄』可以指雲或天空，與這兩種解釋有關的詞語，就用『霄』。」

笨笨貓聽完豆豆兔的話，樂呵呵的大聲說：「我現在可以吃了！」他的聲音響徹雲□。

「哈哈哈，別高興得太早！」蹦蹦鼠說：「既然豆豆兔告訴了你它們的區別，你就分別用這兩個字造個詞再吃吧！」

笨笨貓想呀想，就是不知道該怎麼用「宵」和「霄」造詞。

這時，一隻狐狸竄了進來，偷走了那碗元□。笨笨貓情急之下大罵：「你這□小之徒，看我怎麼抓住你！」

狐狸嚇得趕緊放下元□，逃之夭夭。

蹦蹦鼠和豆豆兔聽到笨笨貓的呼喊，飛快的趕了過來。笨笨貓說：「賊狐狸！害我的心情忽上忽下，好像坐雲□飛車。」

「唷！想不到笨笨貓挺會急中生智呢！」蹦蹦鼠鼓掌叫好。

文字小錦囊

小朋友，下列的詞彙包含上面空格的正確答案——你答對了幾題？

宵：　元宵節、　通宵達旦

中宵、　宵小之徒

霄：　直沖雲霄、　靈霄寶殿

霄壤之別、　響徹雲霄

雲霄飛車

臥龍溝遇猴王

蹦蹦鼠、豆豆兔和笨笨貓這天乘著熱氣球來到四川省重慶江津的四面山，聽說臥龍溝有猴群，都想去看看。他們坐的旅遊船在龍潭湖上航行十來分鐘，就到了臥龍溝。

蹦蹦鼠、豆豆兔和笨笨貓剛上岸，一群猴子迅速向他們襲來；蹦蹦鼠手裡的薯條、豆豆兔手裡的紅泥花生，都讓猴兒們給搶了去。只有笨笨貓捨不得他手中的巧克力球，拚命□動著胳膊，硬是不讓猴兒

們搶。

「大王，那隻貓笨頭笨腦的，居然敢不遵從我們的要求；如果您不出去將他降服，眞的有損我族向來的□煌戰績啊！」一隻小猴兒說。

「我堂堂猴王，還會怕一隻笨貓？」猴王發怒了：「既然我親臨現場坐鎮指□，便一定要降服他！」

猴王一聲令下，一群小猴兒□舞著拳頭，向笨笨貓襲來，把笨笨貓圍了個水泄不通，蹦蹦鼠和豆豆兔想插手幫忙也沒辦法。笨笨貓左一拳、右一掌，還使出了他的「神貓擺尾」；那些小猴可不是他的對手，一個個都敗陣而逃。

這時，不遠處的蹦蹦鼠和豆豆兔一直向笨笨貓□手，大聲說：「笨笨貓，快走啊！再不走就來不及了！」

怒氣沖天的猴王親自上陣了，他一□拳，就知道他使的是正宗的猴拳。蹦蹦鼠和豆豆兔靠不上邊，笨笨貓也不是猴王的對手，不到十個回合，笨笨貓就被猴王捉住，帶上了山。

落日餘□已灑向山間，讓整個臥龍溝籠罩上一層神祕的色彩。

「我們必須在天黑以前救回笨笨貓。」蹦蹦鼠說：「一旦天黑了，這臥龍溝樹林茂密、溝壑縱橫，我們是沒有辦法找到笨笨貓的。」

「這可眞正是發□聰明才智的時候了。」豆豆兔說：「蹦蹦鼠，你趕緊想個辦法吧！」

蹦蹦鼠和豆豆兔一邊沿著崎嶇的山路前行，一邊商量著。不一會兒，他們走到一塊寬闊的空地；那裡的崖壁上雕刻著一隻好似要騰飛的龍，取名叫「雲龍」。

蹦蹦鼠上前摸著雲龍的頭說：「唉！要是笨笨貓在，他一定會很高興見到雲龍的。」

「你們是要找笨笨貓，是吧？」壁上的雲龍居然開口說話了，讓兩人又驚又喜。

豆豆兔高興的說：「你一定知道猴王把笨笨貓藏在哪裡吧！」

雲龍說：「在我的尾巴上有一個機關；如果你們能夠拿到裡

面的寶盒，就能救出笨笨貓。」

蹦蹦鼠找到了雲龍尾巴上的機關，一按按鈕，就蹦出一隻小老鼠，尖聲尖氣的說：「做好了崖壁上這道題，就能拿到裡面的寶盒，救出笨笨貓。」

小老鼠□筆在崖壁上寫下了：

交相□映　一□而就　借題發□

光□燦爛　□灑自如　□汗成雨

戰績□煌　桃李爭□　□淚告別

幸虧蹦蹦鼠和豆豆兔平時還算用功讀書，很快就答出了這些題目。

蹦蹦鼠和豆豆兔剛做完這些題，雲龍就一個神龍擺尾，亮出了一個閃著綠光的寶盒。蹦蹦鼠剛把寶盒拿到

手上，只聽見「嗖」的一聲，從寶盒裡閃出一道紅光，朝臥龍溝的深處飛去。

蹦蹦鼠和豆豆兔還沒有回過神來，就聽到不遠處傳來了笨笨貓的聲音：「嗨！我回來了。」

原來，是那神奇的寶盒救回了笨笨貓。

就在大家爲重聚而歡喜的時候，「叮叮叮叮——」蹦蹦鼠的手機響了起來；原來，是一所希望小學邀請蹦蹦鼠去講授辨字技巧。看來，四面山之行還沒有結束，蹦蹦鼠就得趕回去了。

文字小錦囊

小朋友，下列的詞彙包含上面空格的正確答案——你答對了幾題？

揮：揮動、指揮、揮舞、揮手

揮拳、發揮、揮筆

輝：輝煌

暉：餘暉

問題：

交相輝映、一揮而就、借題發揮

光輝燦爛、揮灑自如、揮汗成雨

戰績輝煌、桃李爭輝、揮淚告別

古棧道遇險

蹦蹦鼠博士應邀到一所希望小學講授「字的辨析技巧」，笨笨貓和豆豆兔則準備去遊四面山的古棧道。

「笨笨貓，我們順著這條小路走，不遠處就是古棧道；沿著古棧道前行，就能看到雄偉壯觀的水口寺瀑布！」豆豆兔眨著眼睛對笨笨貓說。

豆豆兔和笨笨貓□步在崎嶇的山間小路上，路旁開滿了不知名的藍色野花，星星點點，每一朵都綻放著快樂的笑臉。有一朵開得最豔的野花說：「山路不好走，請放□腳步，注意安全。」

笨笨貓傲□的說：「我可是神勇無敵的鬥士，沒有什麼能嚇倒我。」

「快看！前方就是古棧道！」豆豆兔叫了起來。

四面山水口寺的古棧道，像一條飄帶，鑲嵌在掛

著瀑布的山腰。古棧道上彌□著神祕而緊張的氣息，豆豆兔和笨笨貓□□的行走在棧道上。從他們緊張的神情可以看出，他們不敢有絲毫的怠□；因爲，古棧道又窄又陡，一不小心，就有墜入懸崖的危險。

「我彷彿進入動□王國中的迷宮了！」豆豆兔緊張的說：「好像身前身後都有怪物向我襲來，我好害怕！」

「轟——」一聲巨響，令人意想不到的事情發生了：崖壁上打開了一扇神祕的石門，從石門裡露出一張四角獸的臉。它狂笑著，□條斯理的說：「我孤獨的等了九億年，終於有人和我作伴了。」說完，四角獸伸出一隻長著九個爪子的手，「嗖——」的一聲，就把豆豆兔拉進石門。只聽「轟——」的一聲巨響，石門關上了。

「豆豆兔！豆豆兔！豆豆兔！……」不管笨笨貓怎麼呼喊、□罵，石門還是緊閉著。

傷心的笨笨貓□吞吞的走在古棧道，一隻小山雀飛來，落在笨笨貓的肩

膀上，對他說：「笨笨貓別傷心！如果你能讓□山遍野的山茶花開放，就能救出石洞中的豆豆兔。」

笨笨貓不解的問：「山茶花苞長大了，自然會開放的呀！」

「因爲山茶花的芬芳能破解四角獸的魔法，所以，四角獸就趕在山茶花開放前，對它們施展了魔法。」小山雀說：「但是，每棵山茶花都有一片葉子上寫著一個字；誰能接住瀑布衝下來的字，和山茶花葉子上的字配成一個詞，就能讓山茶花開放。」

笨笨貓不顧行走在古棧道上的危險，很快就來到了瀑布下。飛瀉而下的瀑布，唱著清脆的歌聲，挾帶著文字奔流。

笨笨貓接住那些字一看，分別是「漫」、「慢」、「蔓」。他帶著字在山茶花葉子上看呀看，看到「長」字，就把「漫」擺在前，變成「漫長」；接著完成了「浪漫」、「漫畫」、「緩慢」、「慢車」……最後剩一個「藤」，他卻不知要用哪一個□字。

笨笨貓急得額上直冒汗珠子，嘴裡念著：「怎麼辦？怎麼辦……」

「笨笨貓，你的背包裡有字典呀！」小山雀提醒笨笨貓說：「你是不是急糊塗了？」

「我還眞被急糊塗了。」笨笨貓拍了拍腦袋，馬上從背包裡取出字典，查了又查，好不容易組成了「藤蔓」。

終於，山茶花開了，開得很美麗、很熱鬧。笨笨貓撫摸著一朵山茶花說：「你能幫我救出石洞中的豆豆兔嗎？他可是我的好夥伴呀！」

「笨笨貓，因爲有了你，我們才能盡情的綻放，我們會報答你的。」山茶花說。

這時，山茶花□□散發出一縷縷金光；最後，這一縷縷的金光匯聚成一支利箭，「嗖——」的一聲，向四角獸的石門飛去。

「轟隆」一聲，石門被擊破了，那隻凶惡的四角獸也在利箭發出的金光中消失了。

豆豆兔終於得救了，平安的跟笨笨貓一起回到了旅館。沒多久，蹦蹦鼠也從希望小學講學回來了。

兩人將今天的歷險告訴了蹦蹦鼠；「今天沒有能欣賞到壯觀的水口寺瀑布，我們明天再去吧！」豆豆兔說。

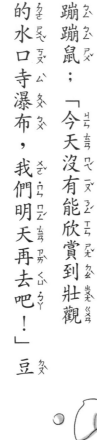

蹦蹦鼠說：「好啊！今天大家都累了，早點休息吧，明天才有精神啊！」

夜姑娘拉開夜幕，把大地罩得黑漆漆，三個好朋友也一起進入了甜蜜的夢鄉。

文字小錦囊

小朋友，下列的詞彙包含上面空格的正確答案——你答對了幾題？

漫：漫步、漫山遍野、彌漫
　　動漫王國、浪漫、漫畫

慢：放慢腳步、傲慢、慢慢的
　　慢吞吞、怠慢、慢條斯理
　　緩慢、慢車

謾：謾罵

蔓：藤蔓

古樹的祕密

「天上下著小雨呢！我們還要去看水口寺瀑布嗎？」清晨，豆豆兔推開窗戶，看到外面正下著濛濛細雨。

「去，一定去！」笨笨貓說：「一點毛毛雨，難道就把我們嚇住了？」

吃過早餐，蹦蹦鼠、笨笨貓和豆豆兔冒著雨，沿著崎嶇的山路往山谷裡走去。

「從這條路走過去，就能通過古棧道，從瀑布的背面穿過。」

蹦蹦鼠指著一個岔道口說：「不過，這條路走的人少，路面上長滿了青苔，路面又窄，再加上天雨路滑，很不好走。」

「在我笨笨貓的腳下，沒有不好走的路啦！而且，

我們昨天走過這條路呢！」笨笨貓毫不□虛的說。

豆豆兔斜了笨笨貓一眼，對他說：「行！我們兵分兩路走，你走你的棧道，我和蹦蹦鼠走我們的青石板小路，看誰先看到瀑布。」

「好啊！我們就來比比看！」笨笨貓馬上出發。剛走出不遠，就被一隻白狐攔住了去路。

笨笨貓想硬闖過關，使出「神貓擺尾」，向白狐

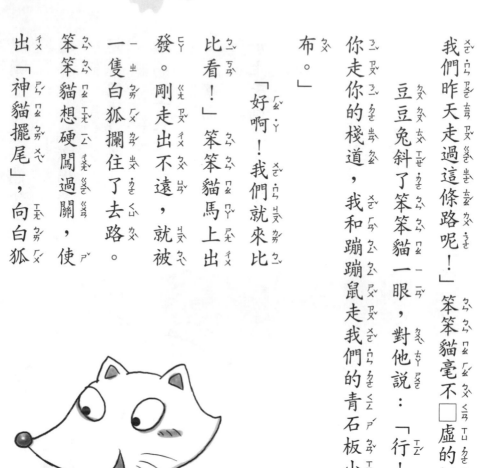

襲去；哪知那白狐一個口哨，一道白屏就向笨笨貓襲來，瞬間就將笨笨貓裹得差點兒透不過氣。

「白狐，放了我吧！對不起、對不起啦！」笨笨貓在白屏裡連連道□。

「哈哈哈！看

在你深表□意的份上，就原諒你一次吧！」白狐仰天大笑：「走石板路去吧！瀑布旁的古樹上，有著你們需要的祕密。」

一聽說古樹上有祕密，笨笨貓飛也似的朝石板路趕去；沒一會兒功夫，就趕上了蹦蹦鼠和豆豆兔。

「咦？你怎麼跟上來了？」豆豆兔覺得奇怪。「啊！還沒有看到瀑布，就先聽到了瀑布的聲音了！」笨笨貓顧左右而言他。

「像陣陣的風吹過松林。」蹦蹦鼠形容瀑布的聲音。

「像疊疊的浪湧向岸灘。」豆豆兔說。

笨笨貓感慨的說：「唉，兩位大詩人，也教教我做詩吧！我誠心誠意的拜你們爲師。」

「哈哈，這像是笨笨貓說的話嗎？」豆豆兔故作驚訝的說：「你什麼時候變得如此□恭了？」

蹦蹦鼠扯了一下豆豆兔的衣角，示意他不要再說。蹦蹦鼠對笨笨貓說：「只要你平時多讀多寫，就一定能成爲一位大詩人的。」

三個人你一言、我一語

的，說著笑話繼續趕路。

「啊！終於看見瀑布了！」豆豆兔尖叫起來：「這空中飄散的密密水霧，就是瀑布帶給我們的見面禮吧！」

「快站到這裡來看古樹掩映下的瀑布，異常的壯觀與美麗呢！」蹦蹦鼠說。

「古樹？白狐說，古樹上有祕密的呀！」笨笨貓大聲的喊了起來。

「祕密？什麼祕密啊？奇怪，樹上還有隻長尾巴的山雞呢！」豆豆兔說。

這時候，那隻長尾巴山雞說話了：「古樹的祕密，只給那些學識淵博的人！」說完，長尾巴山雞扔下一幅卷軸，上面寫著：

抱□

□疚

□然不語

□和

□讓

□虛謹慎

然後，他的右眼射出一個「謙」字，左眼射出一個「歉」字，又對三人說：「誰能把這兩個字填入適當的括弧裡，我就告訴他古樹的祕密。」

笨笨貓看著這兩個字，搔了搔腦袋，不好意思的說：「我好想知道古樹上的祕密，可是我一直分不清它們。」

蹦蹦鼠和豆豆兔很快就寫出了答案。

這時，長尾巴山雞騰空而起，一道金色的霞光籠罩著古樹；那霞光很快的聚攏，形成幾個金光閃閃的大字：「滿招損，□受益」。

得到了古樹的祕密，蹦蹦鼠、豆豆兔和笨笨貓都覺得真是不虛此行啊！

「古樹掩映下的瀑布，真是一幅美妙絕倫的山水呀！」在回旅店的路上，豆豆兔感慨

萬分。

蹦蹦鼠說：「聽說四面山還有神奇的壁畫，我們明天去看看吧！」

「哈哈，天天都有旅遊的地方，還能學到不少知識，這是多麼快樂的事情啊！」笨笨貓高興得手舞足蹈。

文字小錦囊

小朋友，下列的詞彙包含上面空格的正確答案——你答對了幾題？

歉：道歉、歉意

謙：謙恭、滿招損，謙受益

問題：

抱歉、歉疚、歉然不語

謙和、謙讓、謙虛謹慎

神奇的壁畫

清晨，太陽露出了甜甜的笑臉，鳥兒在天空中自由的飛翔，花兒在綠叢中幸福的微笑。蹦蹦鼠、豆豆兔和笨笨貓快樂的唱著歌，向土地岩走去。

「看，多麼美麗的壁畫呀！」豆豆兔驚歎的說。

岩壁上的壁畫眞是令人歎爲觀止呀！有的像白鶴晾翅，有的像雙龍戲珠，有的像金豬懶臥，有的像游魚戲水，有的像仙女散花，有的像天上行雲，有的像玉兔奔月……

正當蹦蹦鼠、笨笨貓和豆豆兔在欣賞壁畫的美麗的時候，一隻仙鶴從崖壁上飛下來，開口說道：「我帶你們去鶴的故鄉——南天鶴鄉作客吧！」

受邀的蹦蹦鼠、笨笨貓和豆豆兔，便

坐上鶴背，乘風而行，很快就來到了南天鶴門。同時，有一隻老鷹也飛到了門前。

門前的兩隻鶴守衛拉開一道鶴羽做的屏風，攔住了他們的去路：「我們要例行安全檢查，暫停通行！」

「誰說要例行檢查？我老鷹從來不守這規矩。」老鷹不聽鶴守衛的勸阻，拍打著翅膀，想硬闖南天門。

紅衣鶴守衛對白衣鶴守衛說：「兄弟，你□調好這裡，我去制伏那隻不守規矩的老鷹。」

紅衣鶴守衛飛到空中，想用他的大爪子，抓住老鷹的兩□；可是，老鷹也不是省油的燈，經過幾十個回合的纏鬥，紅衣鶴守衛也沒有能夠制伏老鷹。

「我應該拿出我的絕技，□助鶴守衛。」蹦蹦鼠說完，便從懷裡掏出一顆小彈丸，「嗖——」的一聲，向老鷹射去。

「哎喲——」被打中的老鷹痛得尖叫了一聲。

紅衣鶴守衛趁著這個機會，把老鷹制伏住了。

「可敬的鶴守衛，您放了我吧！我以後再也不敢了！」老鷹終於妥□、投降了。

仙鶴高興的說：「蹦蹦鼠不愧是朋友們崇拜的偶像；除了學識淵博，還身懷絕技呢！鶴守衛，蹦蹦鼠立了大功，我可以帶他去鶴鄉旅遊嗎？」

「當然可以！」鶴守衛欣然放行。

仙鶴把豆豆兔和笨笨貓留下，帶著蹦蹦鼠，進了南天鶴門，遊南天鶴鄉去了。鶴守衛拿出兩片鶴羽，吹一口氣，兩片鶴羽就變成兩隻飛船，載著豆豆兔和笨笨貓，朝土地岩飛去。

「豆豆兔、笨笨貓，趕緊把龍珠接住！別讓它摔壞了！」一個聲音從崖壁上傳來。

豆豆兔和笨笨貓抬頭一看，只見一顆七彩龍珠朝他們飛過來，後面緊跟著一條黃龍和一條金龍。豆豆兔一躍而起，在空中與黃龍、金龍同心□力的接住了那顆七彩龍珠。

「謝謝你，豆豆兔！」黃龍從豆豆兔手中接過龍珠，對他說：「我們只顧玩，哪想到差點兒摔壞了龍珠，真是好險啊！」

金龍對豆豆兔說：「為了感謝你，我願帶你到龍宮參觀。」金龍伏下身，讓豆豆兔坐在他的背上，和黃龍一起向龍宮飛去。只剩下笨笨貓孤零零的站在土地岩上。

「唉！如果我平時多學習一點知識和技能，就不會落到這步田地了。」笨笨貓嘆息著。

「笨笨貓，我們來和你玩！」崖壁上的金豬下來了。

「笨笨貓，我們來陪你玩遊戲！」崖壁上的游魚下來了。

「笨笨貓，我們來爲你唱歌、跳舞！」崖壁上的仙女下來了。

笨笨貓和金豬、游魚、仙女們快樂的遊戲著。

「笨笨貓，我回來了。」那是蹦蹦鼠的聲音。

「笨笨貓，我也回來了！」豆豆兔也大喊。

正當笨笨貓玩得開心的時候，仙鶴帶著蹦蹦鼠從南天鶴鄉回來，金龍也帶著豆豆兔從龍宮回來了。

「笨笨貓，我給你帶寶貝回來了！」蹦蹦鼠和豆豆兔異口同聲的說。

笨笨貓可高興了：「真是太好了！你們都給我帶了寶貝回來，趕緊拿出來讓我看看。」

蹦蹦鼠拿出一幅美麗的「鶴舞水鄉」圖；圖上除了有美麗的仙鶴外，還有一個知識錦囊：

協：「十」部，六畫（部首不算）。字意有：（一）和諧：協調工作、協調關係等。（二）共同：協同作戰、協商解決、通力協作、簽下協議、加強協作等。（三）協助：這個問題由你協助處理等。「協」字可以

組成以下詞語：協和、協調，協會、協定、協力、協同、協議、協作、協辦、協理、協助、妥協、同心協力等。

「看看我的寶貝。」豆豆兔拿出一顆七彩龍珠，龍珠上也有一個智慧錦囊：

脅：「月」部，六畫。字意有：（一）從腋下到腰的部位：兩脅。（二）逼迫、恐嚇：威脅、脅迫等。（三）收斂：脅息。「脅」字可以組成以下詞語：威脅、脅迫，脅持、脅從、兩脅、脅肩諂笑等。

看了這兩個智慧錦囊，笨笨貓高興的說：「以後，如果我再遇上這兩個字，我再也不用害怕了。」

「天色已晚，我們回旅店休息吧！」豆豆兔說。

蹦蹦鼠、笨笨貓和豆豆兔乘著熱氣球，往旅店趕去。

「蹦蹦鼠，聽說森林裡要舉行跳棋擂臺賽，你不想回去看看嗎？」一隻小鳥停在熱氣球上，告訴了蹦蹦鼠一個讓他興奮的消息。

「蹦蹦鼠，你可是一個不折不扣的棋迷呀！」笨笨貓說：「這樣的好機會，可不能錯過呵！」

蹦蹦鼠立刻決定：「調轉方向，回樹皮小屋！」

美麗的熱氣球，載著蹦蹦鼠、笨笨貓和豆豆兔，朝森林中的樹皮小屋飛去。

文字小錦囊

小朋友，下列的詞彙包含上面空格的正確答案——你答對了幾題？

協：協調、協助、妥協

同心協力、協和、協會

協定、協同、協議、協作

協辦、協理

脅：兩脅、脅持、威脅

脅迫、脅從、脅息

起手無回大丈夫

蹦蹦鼠可算得上一個徹頭徹尾的□迷了，不管是跳□、軍□、還是五子□、圍□，蹦蹦鼠都能把對方殺得片甲不留。如果遇上同學下□或是看到電視上的□類比賽，蹦蹦鼠總會在一旁搖□吶喊。

「蹦蹦鼠，那邊林子裡的跳□擂臺賽開始了，我們趕緊去看看吧？」笨笨貓說。

蹦蹦鼠和笨笨貓剛進林子，突然，一個大大的□盤鋪天蓋地的向他們襲來。

笨笨貓驚聲尖叫：「蹦蹦鼠！我們趕緊找個安全的地方躲起來吧！」

「別怕！」蹦蹦鼠鎮定的說：「他們好像沒有惡意。」

這時候，從盤裡跳出好多張牙舞爪的

紅兵、黑卒，把蹦蹦鼠和笨笨貓圍了個滴水不漏。其中一個黑卒，手持一面寫著「尋天下第一□迷」的彩□，大聲呼喊：「歡迎挑戰！」

蹦蹦鼠和笨笨貓問清楚詳細情形後，就跟著他們穿過一道奇怪的隧道，到了一個陌生的世界。一踏進這個世界，映入眼簾的，就是在一座高聳的城堡，上面寫著「□王府」。

「耶！真是巧合啊，□王遇到□迷了。」笨笨貓開心的說。

「大王，我們帶人來向您挑戰嘍！」黑卒對著城堡大聲說。

這時，從城堡裡走出一個頭戴跳□做的七彩帽子、身穿圍□做的黑白相間的衣服、腳穿軍□做的鞋子的人，他的額頭上還貼著象□中的「將」字。

「真不愧是□王啊！」看到這身集□類之大成的妝扮，笨笨貓打從心裡歎服。

「哈哈哈！」那人狂笑著說：「看你們□貌不揚，也能與我大戰個三百回合嗎？」

「勝敗是兵家常事，怕什麼？」蹦蹦

鼠自信的說。

二話不說，雙方馬上展開紙上大戰。連下了幾種不同的□，蹦蹦鼠都能戰成平手。

「不錯不錯，眞是□逢對手啊！」□王開心的說。

緊接而來的是象□比賽。蹦蹦鼠在吃掉對方的車以後，就沾沾自喜；不料，陰溝裡翻船，在接連痛失兩馬之後，偃□息鼓，最後輸掉了這一局。黑卒在蹦蹦鼠的身後掛上了一面白□。

在最後一局的比賽中，蹦蹦鼠不小心下錯了一步，急忙間想要再移動□子的時候，□王冷冷的說：「起手無回大丈夫！」蹦蹦鼠連忙說：「對不起！我失禮了，是我的錯。」

眼見蹦蹦鼠就要輸掉戰成平手的機會，笨笨貓趕緊爲蹦蹦鼠加油：「蹦蹦鼠，要鎮定，不到最後關頭，不要放棄！」蹦蹦鼠重整□鼓，終於挽回了局面，□開得勝。

比賽結束，蹦蹦鼠終於與□王戰成了平手。

在大夥兒的掌聲中，蹦蹦鼠獲得了一面「天下第一□迷」的錦□。

蹦蹦鼠和笨笨貓又穿過那奇怪的隧道，快樂的回到了樹皮小屋。

「笨笨貓，山羊老師叫你交作文了呢！」看到他們回來的豆豆兔對笨笨貓說。

笨笨貓搔了搔腦袋說：「那我只好去教室寫作文了。」

「我想去體育館練拳擊。」豆豆兔說：「蹦蹦鼠，你打算做什麼呢？」

「我要去圖書館看書。」蹦蹦鼠說完，就朝圖書館走去。

文字小錦囊

小朋友，下列的詞彙包含上面空格的正確答案——你答對了幾題？

棋：棋迷、跳棋、軍棋、五子棋
圍棋、下棋、棋類、棋盤
棋子、棋王、棋逢對手

其：其貌不揚

旗：搖旗吶喊、彩旗、偃旗息鼓
白旗、重整旗鼓、旗開得勝
錦旗

「搏」和「博」是好朋友

「搏」字小精靈在操場上玩夠了，坐在樹蔭下喘著大氣。

「老是這樣瘋著玩，也不是辦法呀！」突然玩興不再的「搏」對自己說：「我得去圖書室看看。」

「搏」來到圖書室裡，看到好多人都在專心致志的讀書。

「搏」靜靜的坐到蹦蹦鼠旁邊。

「你怎麼也闖到這兒來了？這兒可不是你玩的地方呀！」正在看書的蹦蹦鼠把「搏」帶到一旁：「瞧你那雙只會打拳不會寫字

的手，你會讀書嗎？」

「可是，我除了愛搏鬥之外，也想讀書呀！」受到蹦蹦鼠開玩笑，「搏」有點兒難過。

「嗨！兄弟，你好！」這時，從書架上的書裡跳出一

個「博」字小精靈，熱情的和「搏」打招呼。

「終於有人肯理我了！」想不到有人歡迎他，「搏」高興的迎了上去，緊緊的握住了「博」的手。

「喲！這不正是一對孿生兄弟嗎？」蹦蹦鼠笑呵呵的說：「瞧你們那高興勁兒！」

「我們也是有區別的呵！」好動愛玩的「搏」說：「我的部首是『扌』（手部）。」

「我的部首是『十』。」「博」說：「就因爲我們長得像，所以小朋友們總會把我們弄錯。」

「搏」和「博」手拉手來到教室裡，看見笨笨貓正在爲寫不出作文而皺著眉頭、咬著筆桿。

「你需要我們的幫助嗎？」學識豐富的「博」對笨笨貓說。

笨笨貓卻拉著「摶」的手說：「我正要你幫我！豆豆兔說，只有

『搏』覽群書，才能寫好作文。」

「不對、不對！」被冷落的「博」趕緊對笨笨貓說：「你應該叫我幫助你才對！不是『搏』覽群書，應該是『博』覽群書。比如□學多聞、□大精深、□聞強記、□覽會、□士、□學等，都應該用上我呢！」

「呵呵！」笨笨貓紅著臉說：「真不好意思，你們長得太像了，我竟然把你們給弄錯了。」

「搏」和「博」手拉著手，又來到拳擊訓練場地，看見豆豆兔正在練拳擊。

「豆豆兔，你需要我們的幫助嗎？」搏擊正是「搏」的專長呢！

豆豆兔拉住「博」的手說：「太好了，我正在找你呢！你會給我帶來無窮的力量！」

「哈哈哈，你弄錯了，那是我兄弟！」一再被

誤認，「搏」哈哈大笑：「你需要的應該是我，只有我才能給你搏擊對手的力量。你看，□鬥、肉□、□動、脈□等，哪一個不需要我？」

豆豆兔搔了搔腦袋，不好意思的說：「對不起，我把你和『博』弄錯了。」

「搏」揮舞著拳腳說：「沒關係，只要你記住：在用力量、有動作的時候，就應該用『搏』。」

「博」也笑著說：「我也告訴你一個祕訣：一般在表示『廣大』或『豐富』的時候，就應該用『博』。」

說完，「搏」和「博」又手拉著手，到別處遛達去了。

蹦蹦鼠看了兩個小時的書，從圖書室裡出來了；笨笨貓也寫完了老師出題的作文，便和蹦蹦鼠一起在校園裡散步。

「不好了！不好了！學校的魚池決口了！魚兒都快跑光了！」一隻小青蛙氣喘吁吁的跳過來，著急的喊著。

「該怎麼辦呢？」蹦蹦鼠及笨笨貓連忙跑過去看看狀況。

文字小錦囊

小朋友，下列的詞彙包含上面空格的正確答案——你答對了幾題？

博：博學、博士、廣博

博學多聞、博愛、博覽會

博古通今、地大物博

博得同情、博大精深

博聞強記

搏：搏擊、搏鬥、肉搏

拚搏、搏動、脈搏

該「堵」還是「賭」？

蹦蹦鼠和笨笨貓眼看著一隻隻的魚兒隨著流水溜走了，他們直翻白眼：「大半年的心血，就這樣流走了！」

笨笨貓愣在一旁，蹦蹦鼠的眼珠子卻骨碌碌直轉；「趕緊想辦法挽救吧！」蹦蹦鼠說。

「嗨！蹦蹦鼠、笨笨貓！瞧你們急成那個樣子，有什麼需要我們幫忙的嗎？」這時，「堵」和「賭」兩個小精靈都背著鼓鼓的背包，朝蹦蹦鼠和笨笨貓走來。

「你們？」笨笨貓驚奇的望著他們：「哪個可以幫助我們呢？」

只見笨笨貓不管三七二十一，拉著「賭」就往缺口處扔：「趕緊幫我們把缺口□住！我請你吃美味的巧克

力球！」

「天啊！我的寶貝全泡湯了！」突然被扔到缺口處，「賭」眼看背包裡那些花花綠綠的鈔票、晶瑩的珍珠、金光閃閃的項鏈等，全都跑了出來，急得大喊。

「賭」的寶貝們也傷心的哭了：「怎麼讓我們來做這種苦差事呢？這可不是我們應該做的呀！」

「大笨貓！應該用這個去□！」蹦蹦鼠把「堵」扔到缺口處，又順勢把「賭」和他的寶貝一起給救了回來；「這個『堵』才能把缺口□住！那個『賭』全身珠光寶氣，做不來粗活的。」

「堵」被扔到缺口處以後，他背包裡的泥土、砂石都跑了出來；他再揮舞著胳膊，幾下子就把缺口堵住了！

晚上，蹦蹦鼠和笨笨貓請「賭」和「堵」吃巧克力球。

「堵」邊吃邊說：「你們可要記住，我有的是『土』，只有我才能堵住缺口和通路。所以，我往道路上一站，就會『堵車』；往水

溝裡一坐，就會『堵塞』。」

「以後，可別再拉我去堵缺口了！」唯恐再被誤認的「賭」，笑呵呵的說：「要分清我們兩個，其實很簡單。你看，他長得『土』裡土氣；而我可是珠光寶氣，全身都是寶『貝』呀！所以，只要和錢有關的『賭場、賭博、賭徒、賭局、賭具、賭注、賭資、打賭』等，都找我就對了！」

「還有一個長得比『堵』更像你的，有時候不注意看，還真會弄錯呢！」蹦蹦鼠果然博學多識，隨即聯想到另一個漢字小精靈。

經蹦蹦鼠一提醒，「賭」也想起來了：「哎呀！可不是嗎？

我們的相似度之高，一直是有目共□。要說到我們的差別，就在我有寶『貝』；他卻『目』光炯炯，能目□一切大大小小的事物，而且還能□物思人呢！」

就在這時候，豆豆兔跑來了。

「蹦蹦鼠、笨笨貓！」豆豆兔邊跑邊說：「老師

說，明天要帶我去參加拳擊比賽呢！」

「可是……」蹦蹦鼠一聽，著急的說：「我們決定明天去科幻公園玩啊！」

「我恐怕不能去了，祝你們玩得開心！」豆豆兔說。

「那麼好玩的地方你卻不去，那眞是可惜了。」笨笨貓搖搖頭說。

豆豆兔自豪的說：「等我比賽得了冠軍，我再去玩！」

文字小錦囊

小朋友，下列的詞彙包含上面空格的正確答案——你答對了幾題？

賭：賭場、賭博、賭徒

賭局、賭具、賭注

賭資、打賭

堵：堵住、堵塞

睹：有目共睹、目睹、睹物思人

恐龍危機

蹦蹦鼠和笨笨貓乘著熱氣球出發了。藍天上飄著的朵朵白雲在向他們問好，風兒在他們的耳朵講述著春天的故事，天空中的

小鳥爲他們帶來深深的祝福：「親愛的小朋友，祝你們旅途愉快，平安健康……」

笨笨貓歪著腦袋問：「科幻公園有什麼好玩的嗎？」

「可好玩了！那裡的『西部追憶』有許多奇聞軼事；『飛越極限』讓你體會各國的奇異風景；『兒童天地』可以讓你嘗到奪冠的樂趣；還有一個最神奇的地方……」蹦蹦鼠故意停頓了一下，吊足了笨笨貓的胃口，才說：「那就是最爲驚險、刺激、離奇的『恐龍危機』！」

蹦蹦鼠帶著笨笨貓來到了科幻公園，公園門口的小恐龍們笑□滿面，點頭向他們問好：「歡迎你們，遠道而來的小□人！」

可是，雖然他們買好了門票，但守門的恐龍爺爺卻不讓他們進去。

「要從此路去，跟我讀詞語。」恐龍爺爺捋著鬍子，他的一根鬍子裡「咻溜溜」的鑽出許多詞語：

□廳、顧□、□忍、乘□

寬□、面□、□車、陣□

蹦蹦鼠和笨笨貓跟著恐龍爺爺把這些詞語讀了五遍，恐龍爺爺才微笑著說：「要想把『容』和『客』區分開來，可不是一件□易的事情呵！我們好□的恐龍家庭歡迎你們的到來！」

進了科幻公園，蹦蹦鼠和笨笨貓直奔「恐龍危機」等候室。輪到他們的時候，一隻戴著藍色小帽的恐龍服務員，把戴著立體眼鏡的蹦蹦鼠和笨笨貓送上了一輛太空旅行車，並為他們繫好了安全帶。

「親愛的遊□朋友們，恐龍世界，驚險刺激、無奇不有。走進恐龍世界，將能體驗最原始的你爭我奪；如果你能順利的走出恐龍危機，那你就是最偉大的曠世奇才。預備——出發——」

在這段緊張而激人奇想的解說中，蹦蹦鼠和笨笨貓的太空旅行車，進入了太空軌道，開始了恐龍世界的驚險旅行。

「各部落注意，各部落注意！地球上的刺□闖進我們的世界了，立即做好作戰準備！」恐龍首領的聲音直貫腦門，彷彿一場惡戰即將開始。

「我們是來作□的，不是來作戰的。」笨笨貓大聲解釋著。

「各部落卸下裝備！來的兩位是我們的□人，他們不是來侵略我們的。」恐龍統領的聲音又在太空迴盪。

「轟——呼——」一聲巨響，一隻張牙舞爪的霸王龍攔住了蹦蹦鼠和笨笨貓的去路，嚇得蹦蹦鼠趕緊摘掉立體眼鏡，並大聲呼喊：「啊！

救命啊——」

「哈哈哈！小旅□們，不要害怕，我不會傷害你們的。我可以當你們的嚮導，帶領你們遨遊神奇的恐龍世界。」霸王龍說：「在這之前，我們來做一個搶奪恐龍寶石的遊戲吧！在我稍後的吼聲裡，有著許多詞彙；誰能搶先準確的讀出那些詞彙，誰就能得到恐龍寶石，讀對一個詞彙就能得一顆寶石。加油！」

「吼——吼——」霸王龍引頸長吼，聲音震耳欲聾。霸王龍那一陣高過一陣的聲浪裡，閃現出串串字元：

客房、客棧、天理難容、不容分說、客户、刻不容緩、客套、義

不容辭

「客房、客棧、天理難容、不容分說、客戶！」蹦蹦鼠搶先讀出五個，他說：「笨笨貓，我給你留了三個，你趕緊動動腦吧！」

笨笨貓也不敢懈怠，他努力回憶課堂上所學過的字詞，也很快就讀出了後面的

三個詞語：「刻不容緩、客套、義不容辭！」

「恭喜蹦蹦鼠，你獲得了五顆恐龍寶石！恭喜笨笨貓，你獲得了三顆恐龍寶石。我可以帶著你們暢遊『恐龍危機』了。」霸王龍說完，便伏下身子，讓蹦蹦鼠和笨笨貓坐在他的背上。霸王龍載著蹦蹦鼠和笨笨貓，暢遊了神奇的恐龍世界，體驗了原始自然界的豐富與奇妙。

最後，蹦蹦鼠和笨笨貓還遊了「西部追憶」、「飛越極限」、「兒童樂園」等區，不僅學到了知識，還得到了視聽上的刺激與感動。

當美麗的熱氣球載著蹦蹦鼠和笨笨貓在空中飛翔的時候，笨

笨貓神祕的對蹦蹦鼠說：「蹦蹦鼠，我有祕密要告訴你。這個星期天是我爸爸媽媽的結婚紀念日，我打算給他們一個驚喜。」

「這是很讚的主意啊！」蹦蹦鼠說：「春天到了，這樣好的天氣，你們一家可以去郊外度週末呀！」

可是，應該送什麼禮物給爸爸媽媽呢？笨笨貓一路上都在思考……

文字小錦囊

小朋友，下列的詞彙包含上面空格的正確答案——你答對了幾題？

容：笑容滿面、容易

客：客人、好客、遊客

刺客、作客、旅客

問題：

客廳、顧客、容忍、乘客

寬容、面容、客車、陣容

幸福洋溢的春日

陽春三月，微風輕輕拂過孩子們的臉頰，暖暖的、柔柔的。枝頭的小鳥快樂的唱起了歌謠：「春風吹啊，陽光照，□盼已久的春姑娘啊，妳終於到來了……」

星期五這一天，笨笨貓

就悄悄的張羅，採買了許多郊遊要帶的食品。笨笨貓知道，媽媽喜歡□茶，特別是養顏美容的玫瑰花茶，便特地到超市選了一包上等的玫瑰花茶。另外，笨笨貓還爲爸爸、媽媽準備了一件禮物——噓……暫時保密！

星期天轉眼就到了，笨笨貓起了個大早；他幫媽媽疊好被子，爲爸爸遞上擠好了牙膏的牙刷，忙得在屋子裡團團轉。

吃過早飯，笨笨貓就迫不及待的提議：「爸爸、媽媽，天氣這麼好，我們一起到郊外去度假吧！」

爸爸、媽媽相視一笑，一起對笨笨貓說：「好啊！」

來到郊外，爸媽和笨笨貓選擇了一個平坦的草地，鋪上了野餐的塑膠布。大家坐下來之後，笨笨貓拿出他的保溫茶杯，遞給媽媽：「媽媽，您口□了吧，請□茶。」媽媽接過清香的玫瑰花茶，臉上帶著幸福的微笑。

笨笨貓把爸爸、媽媽的頭靠在一起，對他們說：「爸爸、媽媽，今天是你們的結婚紀念日，我祝你們永遠健康幸福！我來幫你們拍照吧！」說完，笨笨貓將數位相機的鏡頭對準了爸媽，拍下了結婚紀念日的溫馨甜蜜。

「今天是個好日子，我們又有這樣乖巧的孩子，今兒個一定要好好的慶祝一下！」爸爸高興的說。

「爸爸、媽媽，你們轉過身去，閉上眼睛，我有神祕禮物要送

給您們。」笨笨貓扮著鬼臉說。

爸爸、媽媽趕緊轉過身去，臉上洋溢著幸福的神情。

笨笨貓拿出兩個禮物盒，一個送給爸爸，一個送給媽媽，然後說：「請打開來看看是什麼吧！」

「好漂亮的紫色絲巾呀！」媽媽大聲□采，並向爸爸說：「你也趕快打開來看看吧！」

「唷！好實用的棕色錢包呀！」爸爸開心的吆□了一聲：「以後可以多放一些錢在錢包裡，飢□時就不必□西北風嘍！」

「我更棒呢！絲巾上繡著梅花，以後我就可以『望梅止□』了。」媽媽笑得合不攏嘴：「笨笨貓，你眞是我們的好孩子。」媽媽溫柔的把笨笨貓摟進懷裡。

野餐結束後，一家三口走向回家的路。在暖暖的陽光中，在柔柔的春風裡，枝頭的鳥兒也高聲爲這幸福的一家快樂的唱起了歌兒：「春風吹啊，陽光照……」

走著、走著，笨笨貓問爸爸、媽媽：「我和蹦蹦鼠、豆豆兔去過了三峽、四面山，還去過科幻公園，也到處吃□玩樂過了；您們認爲，我們接下來去哪裡好呢？」

「去北京看看吧！那是一座古老的歷史文

化名城。」媽媽很喜歡北京的歷史古蹟。

「是啊！北京還是有名的園林城市呢！」爸爸說。

「好！就這麼決定了！」笨笨貓打算先去蒐集北京的旅遊資訊，再與夥伴們一起討論。

文字小錦囊

小朋友，下列的詞彙包含上面空格的正確答案——你答對了幾題？

渴：渴盼、口渴、飢渴

望梅止渴

喝：喝茶、喝西北風

吃喝玩樂、喝采、吆喝

美麗的文化古城

笨笨貓和蹦蹦鼠、豆豆兔熱烈討論北京的種種；最後，他們決定乘著美麗的熱氣球，先到位於北京西郊的頤和□。

來到了頤和□上空，大家往下看去，「哇！這麼多的亭、台、樓、閣，眞漂亮耶！」豆豆兔驚喜的說。

「頤和□是清代的皇家□林，主要由萬壽山和昆明湖組成。」蹦蹦鼠仍然記得書上的記載。

降下熱氣球，蹦蹦鼠帶著笨笨貓來到了蘇州街。蘇州街上，店鋪裡的人員都穿著清代的服飾，熱情的招攬生意。

「看！那個美麗的芭比娃娃，一邊唱著歌，一邊跳著□舞曲呢！」笨笨貓指著店鋪裡的布娃娃說：

「我想買一個。」

「好啊，你買一

個吧！當我們不在的時候，你也有個伴兒。」蹦蹦鼠便爲笨笨貓買下了芭比娃娃。

「咦？她怎麼不再唱歌，也不再跳舞了呢？」笨笨貓打量著不再載歌載舞的芭比娃娃，覺得好奇怪。

豆豆兔說：「肯定是開關壞了。」豆豆兔認眞的檢查著芭比娃娃。

「誰說我壞了？我說的話你們聽得懂嗎？」芭比娃娃忽然說起話來，還

一口氣說了許多話：「果□、菜□、校□、春色滿□、團□、□滿、湯□、字正腔□。誰能聽懂我的話，我就爲他唱歌、跳舞！」

笨笨貓搔搔腦袋、捋捋鬍子說：

「我聽不懂呀！」

「我知道、我知道！」豆豆兔高興得跳了起來：「我會寫這些字呵！」

「可是，我還是不知道啊……」笨笨貓傷心的說。

「給你字典。」蹦蹦鼠從背包裡拿出字典，遞給了笨笨貓：

「想讓芭比娃娃為你唱歌和跳舞，就認真查字典吧！」

笨笨貓查了好一會兒，才寫出了芭比娃娃說出的詞。

笨笨貓剛寫好那些詞，布娃娃就唱起了歌、跳起了舞。

帶著芭比娃娃，一行三人又乘著熱氣球，來到了□明□的上空。

蹦蹦鼠為大家介紹：「□明□曾被西方人稱作是『萬□之□』，這裡曾經是風景十分優美的地方，還有許許多多國寶。可惜……」他又接著說：「一八六○年的英法聯軍曾洗劫過這裡；一九○○年，八國聯軍製造了震驚中外的火燒□明□慘案，破壞了它的美麗景觀，從此變成了一片廢墟。」

「蹦蹦鼠，你的知識眞是豐富耶！我也要向你學習了。」笨笨貓紅著臉說。

豆豆兔也說：「蹦蹦鼠眞不愧是鼠博士啊！」

後來，熱氣球又載著蹦蹦鼠、笨

笨貓和豆豆兔遊覽了皇家□林——景山、紅葉似火的香山——靜宜□、古代帝王的宮苑——北海、老北京最美的地方——什殺海等地方，一路上的風景，眞是美不勝收啊！

「這北京怎麼只有觀賞的，卻沒有看到吃的呢？」笨笨貓問。

「哈哈，又饞嘴了吧！」蹦蹦鼠說：「那我們再去別的地方看看吧！」

文字小錦囊

小朋友，下列的詞彙包含上面空格的正確答案——你答對了幾題？

園：園林、頤和園、萬園之園

靜宜園

圓：圓舞曲、圓明園

問題：

果園、菜園、校園、春色滿園

團圓、圓滿、湯圓、字正腔圓

難得的冰糖葫蘆

「冰糖葫蘆——好吃的冰糖葫蘆呢——」一個扛著串串冰糖葫蘆的老人，走在北京的街道上。

「我要吃冰糖葫蘆。」笨笨貓用舌頭舔了舔嘴唇，又拉了拉蹦蹦鼠的衣

角說。

「你真是嘴饞呀！」蹦蹦鼠扯了扯笨笨貓的鬍子說：「你忘□我們的約定了嗎？」

「當然□得！你經常教我，不要亂吃東西，小心拉肚子！」笨笨貓扮著鬼臉說。

「哈哈，你既然知道不能亂吃東西，那怎麼還要冰糖葫蘆呢？」豆豆兔也打趣的說。

「好啦，你們在這裡看著行李，我去買冰糖葫蘆。」蹦蹦鼠交代一聲，便向賣冰糖葫蘆的老人走去。

可是，沒過多久，蹦蹦鼠就空著手回來了。他皺著眉頭對蹦蹦鼠說：「那位老人要你自己去買呢！」

笨笨貓覺得很奇怪，但還是走到老人面前說：「我要買五串冰糖葫蘆。」

「我這冰糖葫蘆十五元一串，你□算一下，買五串共□多少錢？」老人微笑著說。

笨笨貓可傻眼了，他小聲嘀咕著：「明明知道我數學學得

不好，爲什麼非要這樣爲難我呢？」

「哈哈，笨笨貓又遇上難題了。」豆豆兔說：「蹦蹦鼠，你還是去幫幫笨笨貓吧！」

蹦蹦鼠走過來，笑著說：「你可眞不長□性呀，我昨天才教過你做過應用題的。要不要我再教你？」

「喔，我想起來了，應該用乘法。」笨笨貓一拍腦袋說：「一共七十五元。」

笨笨貓哪裡知道，這是蹦蹦鼠和老人一起設□他，讓他練習數學題呢！自以爲聰明的笨笨貓，又一次中□了。

蹦蹦鼠對笨笨貓說：「你可要牢□了：知道了單價和數量，

求總價的時候，就用乘法。」

笨笨貓拿起一串冰糖葫蘆，正想咬下去的時候，這串冰糖葫蘆突然變成了一隻紅尾巴的老鼠，還搶走了笨笨貓的其他四串冰糖葫蘆。

「可惡的紅尾巴老鼠，還我冰糖葫蘆！」笨笨貓追了上去。

紅尾巴老鼠可是「三十

六□，走爲上策」，他抓著冰糖葫蘆，拔腿就跑。

笨笨貓一直追到天安門廣場，蹦蹦鼠也隨後趕來了。

紅尾巴老鼠繞著天安門廣場上的花圃轉圈，他氣喘吁吁的說：「我們不要再跑了，我把冰糖葫蘆還你就是了……」

「你爲什麼要搶我的冰糖葫蘆啊？」笨笨貓生氣的問：「如果你眞想吃，也用不著搶啊！我可以送你兩串的。」

「我不是想搶你的東西吃啦！我是在這裡刻字刻累了，想找個人玩一玩而已。」紅尾巴老鼠指著身旁的一塊石碑說：「你看，這就是我刻的字，我要在這塊石碑上□錄下北京的歷史。」

只見石碑上寫著：

北京面積共記一六一四〇平方公里。歷史計載，明成祖朱棣在南京登基五個月後，把都城從南京遷到北平，下令將北平改名為北京。

根據不完全統記，北京的人口約一千四百九十二萬七千人。

蹦蹦鼠看完石碑上的字說：「紅尾巴兄弟，有些字你寫錯了。」

「什麼？哪個字寫錯了？」紅尾巴老鼠說：「不行，我得把它找出來，可不能丟我們老鼠家族的臉啊！」

蹦蹦鼠把字典遞給紅尾巴老鼠說：「查查字典吧！這可是我們最好的老師。」

紅尾巴老鼠查啊查、翻啊翻，終於找出了錯別字，將它改正過來。

「謝謝指教！」紅尾巴老鼠向他們鞠躬致謝。

「不客氣！」蹦蹦鼠

說：「我們得走了，再見！」

他們跟紅尾巴老鼠說再見之後，走過一個鋪子前，忽然傳出了哀婉的歌聲：「走過那條小河，你可曾聽說，有一位女孩，她曾經來過……還有那隻丹頂鶴，輕輕的，輕輕的飛過……」

唱的正是那首孩子們喜歡的〈一個眞實的故事〉；歌詞描述的是，一個女孩爲了救受傷的丹頂鶴而陷進沼澤地的故事。

「我還眞想去看看丹頂鶴呢！」豆豆兔臨時起意。

蹦蹦鼠說：「要看丹頂鶴？那我們去黑龍江吧！」

文字小錦囊

小朋友，下列的詞彙包含上面空格的正確答案——你答對了幾題？

記：忘記、記得、記性

牢記、記錄

計：計算、設計、中計

三十六計

問題：

不是「共記」，是「共計」

不是「計載」，是「記載」

不是「統記」，是「統計」

親親丹頂鶴

美麗的熱氣球載著蹦蹦鼠、笨笨貓和豆豆兔飛翔在黑龍江的上空。

「蹦蹦鼠你看，這裡就像一隻展翅翱翔的天鵝呢！」笨笨貓指著地圖上的黑龍江省說。

「不錯呵，笨笨貓，有進步嘍！懂得用『展翅翱翔的天鵝』來形容黑龍江省。」蹦蹦鼠樂呵呵的說。

「多漂亮的丹頂鶴呀！」豆豆兔說：「我們去一□眼福吧！」

位於黑龍江省中西部的松嫩平原的齊齊哈爾，是著名的風景名勝區；那裡的紮龍自然保護區，是丹頂鶴的故鄉。

蹦蹦鼠、笨笨貓和豆豆兔一行人，將熱氣球降落在紮龍自然保護區的蘆葦叢中。

「快來看呀！這裡有隻受傷的丹頂鶴呢！」只見笨笨貓懷□著一隻丹頂鶴走過來。

「哎喲——」在這緊要關頭，笨笨貓居然摔了一跤，嚇得受傷的丹頂鶴驚慌失措的拍打著翅膀。

笨笨貓□歉的說：「對不起啊！都是我不好！」

豆豆兔從笨笨貓手裡接過丹頂鶴，親了一下他的額頭，對笨笨貓說：「你去捉幾條小魚來，他可能餓了。」

笨笨貓在蘆葦叢中尋找小魚小蝦，竟然找不到回去的路了。

「哈哈哈，你就是那隻老是辨不對形近字和同音字的笨笨貓嗎？」一隻紅尾巴鯉魚說：「現在，你闖進我們的文字迷陣了，這可是一個千百年來一直沒有人成功走出的文字迷陣呢！」

紅尾巴鯉魚的話剛說完，便有一連串文字劈頭蓋臉的向笨笨貓襲來；這就是紅尾巴鯉魚所說的迷陣：

一一一二年，遼國的天祚帝到東北遊玩，在松花江設宴，邀請女真部落的酋長參加。待酒足飯飽後，天祚帝要酋長們為他跳舞，但完顏部酋長的兒子完顏阿骨打沒有跳。後來，有著遠大

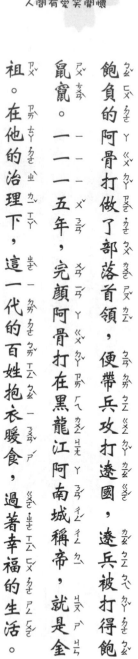

飽負的阿骨打做了部落首領，便帶兵攻打遼國，遼兵被打得飽頭鼠竄。一一一五年，完顏阿骨打在黑龍江阿南城稱帝，就是金太祖。在他的治理下，這一代的百姓抱衣暖食，過著幸福的生活。

這些文字組成各式各樣的圖案，不停的變幻著方位和形狀，繞著笨笨貓飛舞，困得笨笨貓脫不開身。

蹦蹦鼠和豆豆兔等了好久，卻不見笨笨貓回來，就□著丹頂鶴找來了，也因此闖入了迷陣。

迷陣中的蹦蹦鼠認真的讀著這些不斷變化的文字；突然，他大聲說：「笨笨貓、豆豆兔，這些文字裡的錯別字，就是這個迷陣的破綻，也就是出口！」

「天啊！這段話裡哪些字是錯別字呀？」笨笨貓在迷陣裡急得團團轉：「你們能給我一本字典查一下嗎？」

紅尾巴鯉魚哈哈大笑：「你可真是『平時不燒香，臨時□佛腳』啊！」

「蹦蹦鼠，快救救我們啊！你趕緊找出這段話裡的

錯別字吧！」笨笨貓大聲呼喊。

「哈哈，這位就是傳說中□讀群書的蹦蹦鼠吧？」紅尾巴鯉魚說：「如果你能識破迷陣的破綻，你們就能走出這個迷陣，也能拿到治好丹頂鶴的藥。」

蹦蹦鼠集中精神，把那些飛舞著、變幻著的文字再認眞的讀了一遍，胸有成竹的說：「我找到錯別字了！」

蹦蹦鼠逐一改出文字迷陣中的錯別字。

「可敬的蹦蹦鼠先生，您眞是一位□學之士呀！」紅尾巴鯉魚說：「我會護送你們走出迷陣，並給您治好丹頂鶴的良藥。」

在鯉魚的護送下，蹦蹦鼠、笨笨貓和豆豆兔終於走出了迷陣，還用紅尾巴鯉魚送的藥治好了丹頂鶴的病。

「小鶴，我們要走了，你好好保重身體。」臨走前，蹦蹦鼠對丹頂鶴說。

「歡迎你們再次回到鶴的故鄉。」丹頂鶴、蹦蹦鼠、笨笨貓和豆豆兔緊緊的擁□在一起，久久不

願分開。

在回去的路上，豆豆兔說：「如果我是孫悟空就好了！那樣，我就可以施展法術，讓天底下所有的野生動物都過著幸福美好的日子……」

「對了，」笨笨貓打斷了豆豆兔的話：「我還眞想到花果山一遊呢！」

蹦蹦鼠說：「行啊！接下來，我們就去花果山吧！」

文字小錦囊

小朋友，下列的詞彙包含上面空格的正確答案——你答對了幾題？

飽：一飽眼福、飽讀詩書

　　飽學之士

抱：懷抱、抱著、抱負

　　臨時抱佛腳、擁抱

問題：

不是「酒足飯抱」，是「酒足飯飽」

不是「遠大飽負」，是「遠大抱負」

不是「飽頭鼠竄」，是「抱頭鼠竄」

不是「抱衣暖食」，是「飽衣暖食」

花果山上吃蟠桃

「昨天晚上，我夢見孫悟空了，他還請我到花果山一遊呢！」早上起來，笨笨貓很得意的對蹦蹦鼠說「夢話」。

蹦蹦鼠捂著嘴偷笑：「哈哈，孫大聖一

定是想找你去當他的僕人吧？」

「才不是呢！孫大聖那樣有氣度的英雄，怎麼會打我這凡夫俗子的主意？」笨笨貓不信。

「咦？」蹦蹦鼠驚訝的看著笨笨貓，好奇的說：「怎麼一覺醒來，就變得文謅謅呢？」

笨笨貓從背包裡拿出一個小本子：「可不是嗎？我昨天□抄了幾個詞，今天就用上了。」

蹦蹦鼠翹起大拇指說：「笨笨貓眞棒！爲了慶賀你的進步，我們就到花果山玩個痛快！」

蹦蹦鼠和笨笨貓來到了洛陽以西、位於宜陽縣境內的花果山；一條小溪正淙淙流淌著，溪水唱著歡歌奔向遠方。

「這裡果然山明水秀、風景宜人啊！」蹦蹦鼠回過頭，只見笨笨貓正望著蟠桃樹上那些又大又紅的蟠桃，垂涎欲□。蹦蹦鼠扯了扯笨笨貓的鬍子：「貓也喜歡吃桃子嗎？你不是想□來吃吧？」

「哈哈，這下子輪到你笨了！」笨笨貓說：「你有所不知啊！這蟠桃樹上的桃子，被孫大聖施過魔法，裡面全是美味的夾心呢！有巧克力口味、有檸檬口味、有起司口味的……應有盡有呢！」

笨笨貓說完，就爬上蟠桃樹準備□桃；當他摸到一隻桃子時，只聽到「撲通」一聲，那個蟠桃掉進了溪水中，濺起的水□

像一個個蟠桃小妖，張牙舞爪，直撲笨笨貓而來。笨笨貓嚇得從樹上掉下來，「撲通——」一聲，就掉進了小溪中，成了個落水貓。

「哈哈哈，想吃美味的夾心蟠桃，是要付出代價的。」樹上的蟠桃都笑開了花。

「你們可別笑我呀！這些天，我都在

認眞學習呢！」水中的笨笨貓很不服氣的說：「不信，你們可以考考我。」

「行，我們就考考你！如果你闖過了這一關，就能得到十個美味的夾心蟠桃。」樹上那個最大的蟠桃才說完，就有十個熟透了的夾心蟠桃飛向空中，跳起了圓圈舞；跳著、跳著，這些夾心蟠桃就變成了一串文字：

要想學問好，必須具有摘水穿石的精神。

花園裡的鮮花，不能隨便採滴。

「哈哈哈！我看出破綻了。」笨笨貓很快就找出錯別字，並改正過來了。

十個美味的夾心蟠桃，排著整齊的隊伍，踩著輕盈的步伐，走進了笨笨貓的背包裡。

「笨笨貓，好樣的！」蹦蹦鼠也高興得一蹦三尺高。

「蹦蹦鼠——笨笨貓——豆豆兔——」這時候，頭頂的飛鳥帶

來消息：「我從森林小學上空飛過的時候，聽說森林小學要舉辦一個特別有意思的活動呢！你們趕緊回去吧！」

「謝謝你！」蹦蹦鼠高興的說：「我們馬上回去！」

笨笨貓也高興的說：「哈哈，又有好吃的了！」

蹦蹦鼠、笨笨貓和豆豆兔便乘著熱氣球，向森林小學飛去。

文字小錦囊

小朋友，下列的詞彙包含上面空格的正確答案——你答對了幾題？

摘：摘抄、摘一個、摘桃

滴：垂涎欲滴、水滴

問題：

不是「摘水穿石」，是「滴水穿石」

不是「採滴」，是「採摘」

美食節

載著蹦蹦鼠、笨笨貓和豆豆兔的熱氣球，在森林小學的操場上一降落，蹦蹦鼠馬上到山羊老師的辦公室去打聽有關活動的情況。

「豆豆兔，你大顯身手的時候到了。」蹦蹦鼠從辦公室出來，高興的對豆豆兔說。

豆豆兔滿臉疑惑的看著蹦蹦鼠，不解的問：「大顯身手？我可沒有什麼值得驕傲的手藝耶？」

「蹦蹦鼠，我們最拿手的事，就是能吃會喝。你要請客嗎？」笨笨貓舔著舌頭說。

「你這饞貓，就知道吃！」蹦蹦鼠停了停，□高了嗓門兒說：「不過，笨笨貓可是說對了話□，這還眞的與吃有關呢！」

「蹦蹦鼠，別賣關子了，你就直接講主□吧！」豆豆兔說。

蹦蹦鼠一本正經的進入正□：「最新消息，下周日學校要舉辦『美食節』活動，同學們可以組成三人小組參加比賽。」

「我們三個是老搭檔，是必然的三人小組嘍！」笨笨貓說：「這下子，可真的有美味可以品嘗了。」

「可別光顧著吃，」豆豆兔說：「我們得□前做好有關的準備工作，還要作一下分工，免得到時手忙腳亂。」

蹦蹦鼠擰著笨笨貓的耳朵說：「你平時不是號稱大力士嗎？這次你就負責□水、送菜、搬爐子等粗活吧！」

「你們倆不要鬧了！我們除了要拿出一手好菜，還要想出一個好花樣來吸引顧客，才能贏得勝利！」豆豆兔希望夥伴們正視比賽的關鍵問□。

笨笨貓傻呼呼的說：「那還不簡單！如果我們低價賣出食品，就能引來顧客嘍！」

「你想得太容易了。」蹦蹦鼠扯了扯笨笨貓的尾巴說：「我們賣低價食品，人家會認爲我們是賣

黑心食品，就更沒有顧客光臨了。」

「有了！」只見豆豆兔一拍腦袋，對他們說：「我們以有獎答□的方式吸引顧客，答對一道□目，就買二送一。」

「嗯，這個主意不錯。就這麼辦吧！」蹦蹦鼠表示贊成。

豆豆兔、蹦蹦鼠和笨笨貓想好了菜單，接著便將「美食節」那天需要的□目寫在紙上。

美食節當天，校園裡的林蔭道上，擺滿了鍋、碗、瓢、盆；同學們有的忙著做美食，有的忙著品嘗各種各樣的美味，有的則七嘴八舌的比較著哪個攤位的花樣多……

「各位，看過來！有獎徵答啊！香甜的紅豆餅、酥脆的薯條、鮮嫩的豆花……」蹦蹦鼠尖聲尖氣的吆喝著：「答對了，就買二送一呵！」

　沒多久，蹦蹦鼠、笨笨貓和豆豆兔的攤位前就圍滿了同學。

　「我來試一下。」多多狗隨手抽取了一個□目，只見上面寫著：

請幫「題」和「提」配對

□材　□示　□親　□記

□解　□拔　□詞　□防

多多狗「唰唰」幾下，就寫下了答案。

「恭喜你，答對了！你可以買兩樣東西，我們再送你一樣。」豆豆兔說。

多多狗買了兩包紅豆餅，蹦蹦鼠便把一碗豆花送給了多多狗。

「我也來試一下。」皮皮熊擠了進來，抽取了一個□目，只見上面寫著：

請用您的法眼抓錯字：

在班會上，班長題出要同學們積極參加課外活動。一些同學喜歡小提大做，這很不利於團結。

皮皮熊搔了搔腦袋，只

找到了第一句中的錯別字，就再也找不出來了。

「誰來幫皮皮熊找一找？找到了就送一個甜點呵！」豆豆兔大聲說。

「我知道！」花喜鵲說完，就上前寫下了答案，因此得到了一個甜點。

蹦蹦鼠、笨笨貓和豆豆兔的點子太妙了！他們的攤位前一直圍得水泄不通：答□的、買東西的、聊天的……算是校園裡最熱鬧的地方了。

「美食節」結束後，豆豆兔這一組，果然被評爲冠軍。

文字小錦囊

小朋友，下列的詞彙包含上面空格的正確答案——你答對了幾題？

提：提高、提前、提水

題：話題、主題、正題、問題

答題、一道題目

問題一：

題材、提示、提親、題記

題解、提拔、題詞、提防

問題二：

不是「題出」，是「提出」

不是「小提大做」，是「小題大做」

是誰打小報告？

「蹦蹦鼠，快過來！」

蹦蹦鼠剛從教室裡出來，躲在角落裡的豆豆兔神□的向他招手。

「豆豆兔，你幹什麼呀？」蹦蹦鼠走了過去。

豆豆兔指著一棵大樹說：「瞧瞧那裡，有一窩小寶貝呢！」

「我好像聽到嗡嗡聲了呢！」蹦蹦鼠站在樹下張望：「可是，這樹上除了有□□層層的樹葉，什麼也沒有啊！」

「你們躲在這裡做什麼啊？我找你們好久了耶！」笨笨貓急急忙忙的跑來了。

「噓——」豆豆兔連忙把笨笨貓拉到跟前，捂住他的嘴巴，對他說：「小聲點，這是機□，千萬不可洩露啊！」

蹦蹦鼠在茂□的大樹下看來看去，什麼也沒有看到，便疑惑的問豆豆兔：「你有什麼祕□，倒是說出來呀！」

「嘿嘿，」豆豆兔輕笑著說：「上面有一個蜂巢，我打算在這裡養好多好多□蜂，爲我生產好多好多的□糖，讓好多好多的人眼饞，特別是笨笨貓這樣的饞貓！」

豆豆兔的話，讓蹦蹦鼠和笨笨貓瞪大了眼睛。

蹦蹦鼠看了看周遭，確定已經沒有人在附近，再悄悄的對豆豆兔說：「你真的要在校園裡養蜂呀？難道你真的不怕校長處罰？」

「蹦蹦鼠，我們是好兄弟，你可不能到校長那裡告□呵！」豆豆兔又對笨笨貓說：「我們也是好兄弟，等我成功了，我會送你好多蜂□，讓你吃個夠！」

笨笨貓一聽說有得吃，便高興的說：「沒問題！我絕對爲你保□！」

豆豆兔帶著蹦蹦鼠和笨笨貓，輕輕的爬上樹；在樹上最頂端的枝杈裡，果眞有一個蜂窩。

之後，每到下課時，他們都要偷偷的去看看大樹上的蜂群，彷彿那些小傢伙眞的是他們養的。

「豆豆兔、蹦蹦鼠、笨笨貓，你們還在看什麼呀？」同學小新氣喘吁吁的跑過來，大聲喊道：「校長叫你們去他的辦公室呢！」

小新走了之後，豆豆兔斜著眼睛打量著蹦蹦鼠，陰陽怪氣的說：

「那天，你不是說校長會罰我們嗎？今天校長真的找我們了。是不是你去打小報告？」

「怎麼會？」蹦蹦鼠連忙否認。

「蹦蹦鼠決不會洩□啦！」笨笨貓說：「肯定是校長派出了□探跟蹤我們。」

他們三個進了校長辦公室，校長笑呵呵的說：「小朋友啊，你們有幾個腦袋夠那些長腳蜂螫呢？萬一被螫得太嚴重的話，連醫生也救不了你們的！」

聽了校長的話，豆豆兔小聲嘀咕著：「幸好有人去通風報信；不然，得不到蜂蜜，連小命也丟了。」

笨笨貓卻傷心的說：「唉！我的美食蒸發了！我的美夢也破滅了！」只有蹦蹦鼠在一旁偷偷微笑。

文字小錦囊

小朋友，下列的詞彙包含上面空格的正確答案——你答對了幾題？

祕：神祕、祕密

蜜：蜜蜂、蜜糖

密：密密層層、機密

茂密、告密、保密

洩密、密探

水族館奇遇

「在海的遠處，水是那麼藍，像最美麗的矢車菊花瓣；同時又是那麼清，像最明亮的玻璃。然而，它是很深很深的，深得任何錨鏈都達不到底……最深的地方就是海王宮殿的所在。它的牆是用珊瑚砌成的，它那些尖頂的高窗子是用最亮的琥珀做成的；不過，屋頂卻鋪著黑色的蚌殼……」

在樹皮小屋裡，蹦蹦鼠、笨笨貓和豆豆兔頭碰頭的讀著《安徒生童話集》裡面的〈美人魚〉。

「蹦蹦鼠，要是我們能到海邊玩，該有多好啊！」笨笨貓無比嚮往的說。

「好啊、好啊！我也想到海邊看一看呢！」豆豆兔拍手叫好。

蹦蹦鼠想了一想，說：「那麼，我們去大連的聖亞海洋世界看看好了。」

「聖亞海洋世界？是在海

底嗎？」笨笨貓問：「想引我入海，把我困在海底？我才不會上當呢！」

蹦蹦鼠斜眼瞧了笨笨貓一下，說：「你呀！真是□陋寡聞。位於中國大連市沙河區星海公園的聖亞海洋館，是中國唯一的通道式海洋生物水族館。」

蹦蹦鼠、笨笨貓和豆豆兔便乘著熱氣球，來到了聖亞海洋館；買了門票，很快就進入了長達一百一十八公尺的海底透明通道。

突然，一道紅光一閃而過，通道裡的燈就滅了；整個通道一片黑暗，連夜間眼力極好的蹦蹦鼠和笨笨貓也看不見了。

「是誰施了魔法？竟然能讓我們也在黑暗中看不見東西？」蹦蹦鼠非常詫異。

「我聞到一股□臭了，剛才閃過的肯定是紅□狸。」笨笨貓說：「以前我和他決鬥過，那氣味我永遠也忘不了。」

「你說的沒錯！我是紅□狸，□零零的待在這空蕩蕩

的通道；只有在黑暗來臨的時候，我才能夠□獨的唱一曲悲傷的歌謠。」如泣如訴的聲音在海底通道中迴蕩。

「你有本事就出來，不要藏在暗處。」笨笨貓大聲喝道。

蹦蹦鼠瞪了笨笨貓一眼，然後放大聲音喊道：「親愛的朋友，你出來吧！我們會成爲你的朋友，這樣你就不再□單了。」

「我怕呀！」豆豆兔嚇得緊緊抓住笨笨貓。

蹦蹦鼠對豆豆兔說：「不要怕，從他的歌聲裡，我可以聽出，他不是壞傢伙。」

「只要他不會□假虎威，我笨笨貓也願意結交這個□朋狗友。」

「你會不會形容呀！」蹦蹦鼠說：「□朋狗友是表示交到壞朋友的意思耶！」

「你們眞的願意做我的朋友嗎？」

「願意！願意！」蹦蹦鼠、笨笨貓和豆豆兔異口同聲的說。

他們的話音剛落，通道裡恢復了光明，一隻漂亮的紅□狸向他們走來。

蹦蹦鼠和笨笨貓都爭著和他握手，並對他說：「我們會成爲好朋友的。」

「耶！以後，我不會再過□苦伶仃的生活了。」紅□狸說：

「我在這裡待了一千兩百年；以後，我會爲你們講好多關於大海的故事。」

接下來，蹦蹦鼠、笨笨貓和豆豆兔又去參觀了風景區圖片展。

「蹦蹦鼠，你看，這是千佛塔的圖片；如果能看到眞的千佛塔，該有多好啊！」笨笨貓目不轉睛的看著圖。

蹦蹦鼠說：「那還不簡單！我們就動身去千佛塔走一走吧！」

文字小錦囊

小朋友，下列的詞彙包含上面空格的正確答案——你答對了幾題？

孤：孤陋寡聞、孤獨

孤零零、孤單、孤苦伶仃

狐：狐臭、紅狐、狐狸

狐朋狗友

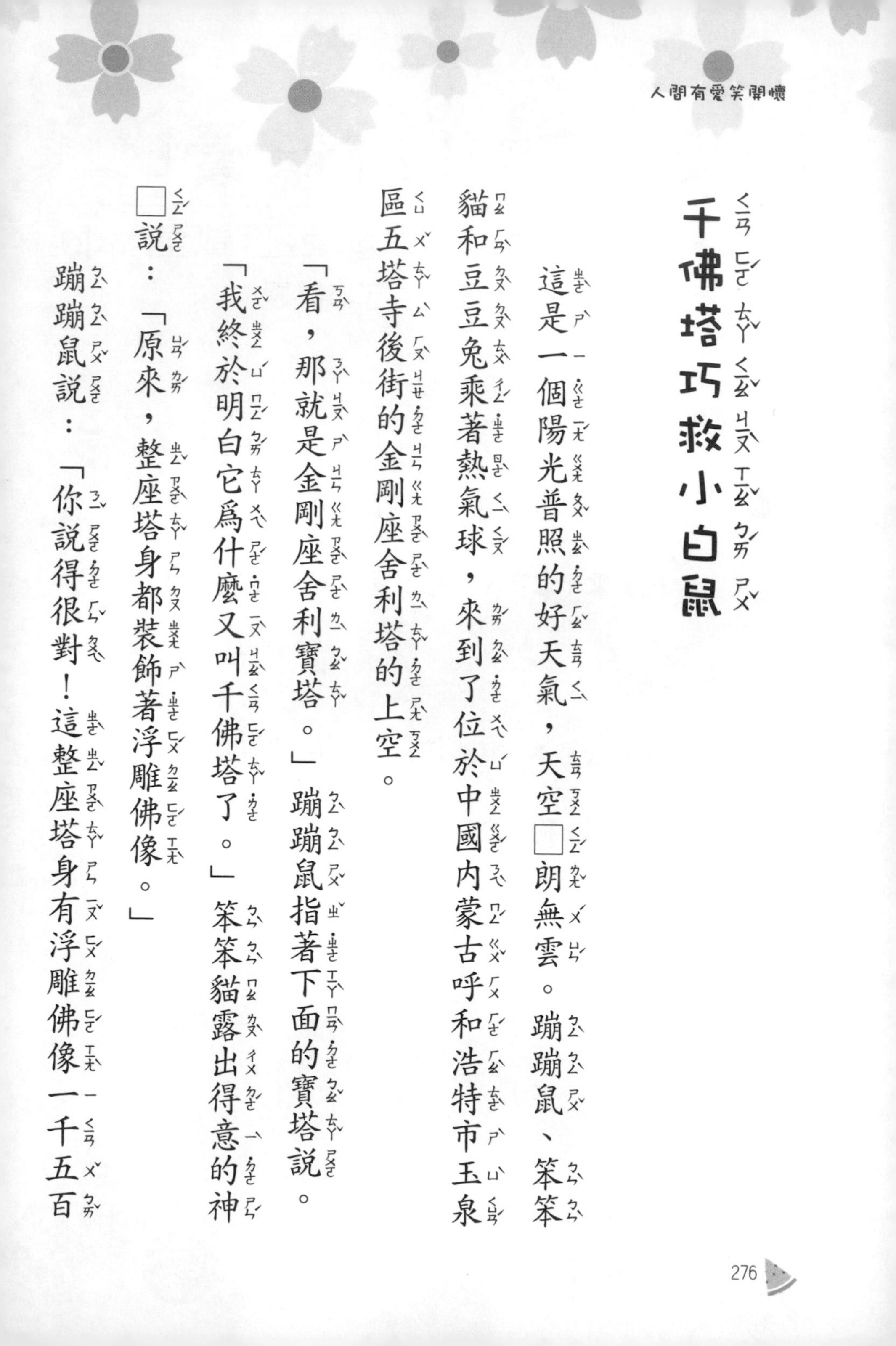

千佛塔巧救小白鼠

這是一個陽光普照的好天氣，天空□朗無雲。蹦蹦鼠、笨笨貓和豆豆兔乘著熱氣球，來到了位於中國內蒙古呼和浩特市玉泉區五塔寺後街的金剛座舍利塔的上空。

「看，那就是金剛座舍利寶塔。」蹦蹦鼠指著下面的寶塔說。

「我終於明白它爲什麼又叫千佛塔了。」笨笨貓露出得意的神□說：「原來，整座塔身都裝飾著浮雕佛像。」

蹦蹦鼠說：「你說得很對！這整座塔身有浮雕佛像一千五百

六十尊呢！」

「天啊！你數過嗎？」豆豆兔覺得好驚訝。

「哈哈！我哪會一個一個的數？我是在書上看到的。」蹦蹦鼠忍不住笑了。

這時，在千佛塔的塔尖上有一隻小白鼠正望向熱氣球，攤開雙手，露出一副難以置信的表□：「哇！貓鼠真的成爲一家了？

以前，我還以爲貓鼠一家絕對是神話；但是，眼前的□景卻由不得我不信。」

可是，就是因爲做了這個攤手的動作，小白鼠沒能穩住身體，便從塔尖掉了下去。

「乘在熱氣球上的大哥！快拉我一把！」小白鼠拚命大叫：「如果塔裡的爹娘知道我現在的命運，對他們來說會是□天霹靂啊！」

蹦蹦鼠趕緊調整熱氣球的方向和速度，向小白鼠墜落的方向飛去，同時往小白鼠的方向投下了一個緊急降落傘。

「兄弟！抓住降落傘！」蹦蹦鼠大聲喊道。

揹上降落傘，小白鼠順利的打開了，總算有驚無險。過了一會兒，小白鼠隨著蹦蹦鼠他們的氣球安全著陸。

「幸好遇上你們這樣有充滿救人熱□的兄弟，不然，我可能已經去跟我那去世的爺爺見面了。」小白鼠既開心又感恩。

「爲了答謝你們，我帶你們參觀這裡吧！」於是，小白鼠便帶著蹦蹦鼠、笨笨貓和豆豆兔，參觀了千佛塔。

千佛塔的塔身，除了有佛像，還有菩薩、天王、羅漢、天女、神鳥、神獸、菩提樹等豐富的神話圖案，教人覺得目不暇給呢！

在塔下休息的時候，豆豆兔說：「我們一直都是乘著熱氣球旅遊，可不可以步行看看呢？」

「好啊！明天，我們就去徒步攀登一座高峰吧！」蹦蹦鼠說。

文字小錦囊

小朋友，下列的詞彙包含上面空格的正確答案——你答對了幾題？

晴：晴朗、晴天霹靂

情：神情、表情、情形、熱情

會唱歌的門牙

「今天眞是一個風和日麗的好天氣啊！」清晨，豆豆兔推開窗户，一縷陽光柔柔的照進小屋。

蹦蹦鼠、笨笨貓和豆豆兔決定今天去徒步攀登位於新疆天山東段的最高峰——柏格達峰；在柏格達峰的山腰上，有一個天然的高山湖泊——天池。

一路上，一□□小草向他們點頭問好，小草上掛著的一□□珍珠，衝著他們調皮的眨著眼睛，彷彿在說：「嗨！歡迎你們上山作客。」

「蹦蹦鼠，我又累又渴，歇一會兒吧！」笨笨貓一屁股坐在石頭上，不走了。

「你再耍賴，我可不管你了喲！我自己走就是。」蹦蹦鼠邊走邊說：「一個沒有毅力的人，是做不成大事的。」

豆豆兔說：「我也要堅持，你也加油一下吧！」

「要登山，就不要怕累呀！」

笨笨貓身邊的一□小樹苗說：「你看，我們還時常經歷風吹雨打呢！」

聽了蹦蹦鼠、豆豆兔和小樹苗的話，笨笨貓趕緊跟了上去。可是，他走得太急，不小心被一□小石頭絆了一下，摔倒在地。

「痛啊！」笨笨貓大叫一聲。

豆豆兔一看：「天啊！你怎麼這樣不小心，還摔掉了一□門牙呢！」

門牙竟然唱起歌來了：「一□小白楊，長在哨所旁，根兒深，葉兒壯，守望著北疆……」

唱完了歌，門牙說：「我也隨你們去看天池吧！」說完，門牙眞的一蹦一跳的跟在蹦蹦鼠、笨笨貓和豆豆兔的後面，眞是有趣極了。

走了好遠的一段山路，總算來到了天池池畔。「看，那就是天池。」蹦蹦鼠說。那半月形的天池，湖水非常清澈，四周群山環抱，眞是美不勝收啊！

天池邊上，一□□雲杉和塔松，像一個個綠衣戰士，守衛著美麗的天池。周圍的山峰上生長著的黨參、黃耆、雪蓮等珍貴植物，更是爲天池增添了幾分神祕和美麗。

「門牙兄弟，你能回到我嘴裡嗎？」笨笨貓對門牙說。失去牙齒的他，無心欣賞美麗的風景。

「要我回到你嘴裡？可以，」門牙說：「但是，你得把我唱的歌兒的歌詞正確的寫下來。」

笨笨貓趕緊說：「行！你唱歌，我記歌詞。」

門牙開始唱歌了：「一□嬌嫩幼苗上，掛著一□閃亮的露珠；遠遠望去，彷彿掛著一□眨著眼睛的星星。幼苗頭頂的那□松樹上，住著一隻小松鼠；小松鼠不小心掉了一□糖果，正好碰到一滴露珠。露珠從幼苗上滑落下來，滑進了小草的懷抱。小松鼠和小露珠一起唱起了快樂的歌

謠……」

笨笨貓一邊寫，一邊查字典。終於寫出了歌詞。

「看來，我還是得回到你的嘴巴裡，爲你服務嘍！」門牙說完，便「嗖」的一聲，跳進了笨笨貓的嘴裡。

「哈哈，門牙回歸原位了，我也可以吃好吃的東西了！」笨笨貓樂呵呵的說：「蹦蹦鼠，我們到什麼地方去買點兒好吃的呢？」

「我們去天津吧！那裡有名的小吃可多了。」豆豆兔提議說。

蹦蹦鼠說：「行！這次聽豆豆兔的，去天津！」

文字小錦囊

小朋友，下列的詞彙包含上面空格的正確答案——你答對了幾題？

棵：　一棵棵小草、一棵棵小樹苗

一棵小白楊、一棵棵雲杉

一棵嬌嫩幼苗、那棵松樹

顆：　一顆顆珍珠、一顆小石頭

一顆門牙、一顆閃亮的露珠

一顆眨著眼睛的星星

一顆糖果

笨笨貓遭遇刺客

蹦蹦鼠、笨笨貓和豆豆兔乘著熱氣球，來到了河北省天津的小吃街，他們在一□古樸的小樓前面停了下來。

「餡餅哩——香香的餡餅哩——」

「買喇嘛糕啊——」

「『狗不理』包子——吃了還回味喲——」

「『十八街』麻花，香、脆、酥、甜——」

……

大街上的叫賣聲，此起彼伏，逗得笨笨貓直流口水。

「二位貴客，請進！」一位手舉托盤的服務員熱情的招呼著蹦蹦鼠和笨笨貓。

豆豆兔伸長了

腦袋往裡看，然後小聲嘀咕著對笨笨貓說：「這是賣『耳朵眼』炸糕的，這裡的味道肯定好！」

笨笨貓疑惑的問：「你怎麼知道這裡的味道好？」

「你看，裡面簡直是□無虛席，這足以證明味道好啊！」

就在這時候，服務員把三位客人送了出來：「慢走啊，歡迎再度光臨！」

「這下有空位了，我們趕緊進去吧！」笨笨貓拔腿就往店裡面跑，蹦蹦鼠和豆豆兔也快步跟著進了「耳朵眼」炸糕店。

「哎喲——有刺客——」笨笨貓剛□下去，就尖叫起來，惹得旁邊的人都用詫異的眼神看著他們。

笨笨貓起身一看，他的□位上躺著一隻小刺蝟。

「走開呀！你怎麼可以這樣刺我呢？」笨笨貓說。

「不走，我就不走！」小

刺蝟說：「我在這裡待了數十年了，別人都沒有嫌棄我，只有你怪我刺疼了你，一定是你有毛病！」

「這位小客人，請用餐！」服務員端上一盤香氣撲鼻的「耳朵眼」炸糕。

笨笨貓硬著頭皮，小心翼翼的就□。可是，屁股底下刺得疼，笨笨貓簡直如□針氈；本來美味的「耳朵眼」炸糕，這會兒吃起來也不香甜了。

「笨笨貓，這刺蝟爲什麼不刺別的客人，專刺你呢？」蹦蹦鼠覺得奇怪。

「是呀！」笨笨貓低聲問：「你爲什麼只刺我呀？總得讓我知

道原因吧？」

「哈哈哈，你在進這家小店之前，都做了些什麼？」小刺蝟問。

「我……我沒有做什麼……哎喲——」笨笨貓的話還沒有說完，就又被刺了一下。

「你再不誠實，就只好繼續受苦了。」小刺蝟說。

笨笨貓知道自己做的壞事情再也瞞不住了，只好從口袋裡拿出一塊餡餅，吞吞吐吐的說：「我……我剛才只是在街上拿了一塊餡餅……」

「還有呢？」小刺蝟又刺了一下笨笨貓。

「哎喲——疼啊——」笨笨貓雖然疼，但又不敢大聲喊叫，擔心被旁邊的客人笑話。

靜□了好一會兒沒有說話，蹦蹦鼠說：「笨笨貓，你還是一口氣把所有的事都坦白交代了吧，免得再受皮肉之苦。」

笨笨貓又從口

袋裡拿出兩塊喇嘛糕和三個「狗不理」包子，不好意思的說：「我拿過的東西都在這裡了，我馬上還回去。」

笨笨貓把剛才偷拿的東西都還給了攤位老板。他回到「耳朵眼」炸糕店，就沒有再被小刺蝟刺了。

「終於可以開心的吃『耳朵眼』炸糕了。」笨笨貓說：「還是誠實好啊！」

三個人正津津有味的吃著「耳朵眼」炸糕時，蹦蹦鼠的手機響了。

「我是山羊老師，你們快回來吧！學校將舉辦非常有意義的活動，希望你們能夠參加。」

「有意義的活動，我們一定不會缺席！」蹦蹦鼠說完，便帶著笨笨貓和豆豆兔，乘上熱氣球，往森林小學趕去。

文字小錦囊

小朋友，下列的詞彙包含上面空格的正確答案——你答對了幾題？

座：一座、座無虛席、座位

坐：坐下、就坐、如坐針氈、靜坐

人間有愛笑開懷

在森林小學那座美□的花圃裡，各種花兒爭妍鬥□；操場上，同學們快樂的玩耍；教室裡，同學們認眞的學習……

剛回到學校，笨笨貓便急著去打聽有關活動的消息。

過了一會兒，笨笨貓來到蹦蹦鼠和豆豆兔的身邊，神祕的說：「我聽到學校老師們開會說，明天要開一個感恩酒會，不知道他們要耍什麼花招？」

「哈，我在電視上看到的酒會，大多是在富□堂皇的大廳裡舉行的，他們居然要在教室裡玩『對酒當歌』的遊戲？」蹦蹦鼠哈哈大笑：「眞弄不懂這些大人們玩的遊戲，酒有啥好喝的？」

下午放學的時候，班長要求值日生安排好教室的衛生大掃除，負責清潔地板的人員中剛好有豆豆兔、蹦蹦鼠和笨笨貓。調皮的笨笨貓

拿著掃帚，一陣亂掃，弄得滿天灰塵。

豆豆兔打來一桶水，說：「停一下、停一下，掃地之前要□水才行。」

笨笨貓竟然拿起玩具噴水槍，汲滿了水就向空中噴□；陣陣水霧飄□下來，落在正在打掃的同學身上，也落在課桌的作業本上……

蹦蹦鼠對笨笨貓說：「如果你不想打掃的話，就到一旁去寫作業吧，不要再玩水了！」

笨笨貓哪裡肯聽蹦蹦鼠的話呀！他在水槍裡裝了更多的水，準備讓教室裡下更大的雨。

「你不要再胡鬧了！可別敬酒不吃吃罰酒啊！」蹦蹦鼠生氣的說：「再鬧的話，待會兒在回家的路上，看我怎麼教訓你！」

笨笨貓看蹦蹦鼠眞的發火了，只好乖乖收起了水槍，和同學們一起掃地去了。

第二天，豆豆兔、蹦蹦鼠和笨笨貓起了個大早。今天是一個風和日□的好日子，他們簡單的吃過了早飯，就跑到了學校，想看看教室布置的情形。

他們透過窗户往教室裡看，只見裡面的課桌椅都改變了平常擺放的方式：將幾張桌子排成一大張放在教室中間，周圍再排了一大圈桌子。中間那張大桌子上，放著一個美□的花瓶，花瓶裡插著一束絢□多彩的鮮花，還放了好多酒杯和酒瓶，以及一些簡單的小點心。

豆豆兔指著最高的那瓶說：「那是葡萄酒，我家裡也有。」

「那裡面還有香

檳酒。」蹦蹦鼠也認出來了。

「我到貓姑姑家喝喜酒的時候，偷舔過一口茅臺酒，聽說那可是中國貴州產的名酒；可是，我只覺得好嗆呵！」笨笨貓舔舔舌頭，一副受不了刺激的樣子。

在校長及老師們的招呼下，來賓們陸陸續續的走進教室，開起了座談會。

「……謝謝各位家長對我們學校貧困學生的資助，我相信他們一定會努力學習，決不會辜負你們的期望。在未來的日子裡，我們的孩子會爲社會貢獻自己的一分力量，國家的未來也會因此而更加壯□開闊……」

座談會結束後，校長及老師們與來賓們一起舉杯同祝：「□向人間都是愛，天天幸福笑開懷。」

文字小錦囊

小朋友，下列的詞彙包含上面空格的正確答案——你答對了幾題？

麗：美麗、爭妍鬥麗、富麗堂皇

風和日麗、絢麗多彩、壯麗

灑：灑水、噴灑、飄灑

灑向人間都是愛

國家圖書館出版品預行編目資料

人間有愛笑開懷／曾維惠／作；眞輔／繪
—初版.—臺北市：慈濟傳播文化志業基
金會.2008.2〔民97〕320面；15X21公分

ISBN 978-986-84151-0-2 (平裝)

859.6 97001815

故事HOME 13

人間有愛笑開懷

創辦者｜釋證嚴
發行者｜王端正
作者｜曾維惠
插畫作者｜真輔
出版者｜慈濟傳播人文志業基金會
11259臺北市北投區立德路2號
客服專線｜02-28989898
傳真專線｜02-28989993
郵政劃撥｜19924552 經典雜誌
責任編輯｜賴志銘、高琦懿
美術設計｜尚璟設計整合行銷有限公司
印製者｜禹利電子分色有限公司
經銷商｜聯合發行股份有限公司
新北市新店區寶橋路235巷6弄6號2樓
電話｜02-29178022
傳真｜02-29156275
出版日｜2008年2月初版1刷
2014年4月初版8刷
建議售價｜200元